I0691084

NOTICE HISTORIQUE

SUR LE R. P.

DE RAVIGNAN

DE LA COMPAGNIE DE JÉSUS

PAR ALEX. DE SAINT-ALBIN

SUIVIE

Des Paroles prononcées en l'Église Saint-Sulpice

LE JOUR DES FUNÉRAILLES

Par Mgr DUPANLOUP, évêque d'Orléans

AVEC PORTRAIT ET FAC SIMILE

PARIS

A LA LIBRAIRIE DE PIÉTÉ ET D'ÉDUCATION

D'AUGUSTE VATON, ÉDITEUR

RUE DU BAC, 50

1858

NOTICE HISTORIQUE

SUR LE

R. P. DE RAVIGNAN

IN DEFENSIONEM EVANGELII POSITUS SUM.

✳

..... SICUT SEMPER, ET NUNC MAGNIFICABITUR CHRISTUS IN CORPORE MEO, SIVE PER VITAM, SIVE PER MORTEM.

✳

MIHI ENIM VIVERE CHRISTUS EST, ET MORI LUCRUM.
PHILIPP. I, 16, 20, 21.

———

JE FUS ÉTABLI POUR LA DÉFENSE DE L'ÉVANGILE.

✳

..... JÉSUS-CHRIST SERA ENCORE MAINTENANT GLORIFIÉ DANS MON CORPS, COMME IL L'A TOUJOURS ÉTÉ, SOIT PAR MA VIE, SOIT PAR MA MORT.

✳

CAR JÉSUS-CHRIST EST MA VIE, ET LA MORT M'EST UN GAIN.

Paris. — Imprimerie de P.-A. BOURDIER et Cie, 30, rue Mazarine.

NOTICE HISTORIQUE

SUR LE R. P.

DE RAVIGNAN

DE LA COMPAGNIE DE JÉSUS

PAR ALEX. DE SAINT-ALBIN

SUIVIE

Des Paroles prononcées en l'Église Saint-Sulpice

LE JOUR DES FUNÉRAILLES

Par M⁰ DUPANLOUP, évêque d'Orléans

PARIS

A LA LIBRAIRIE DE PIÉTÉ ET D'ÉDUCATION

D'AUGUSTE VATON, ÉDITEUR

RUE DU BAC, 50

1858

NOTICE HISTORIQUE

SUR

LE R. P. DE RAVIGNAN

Qui êtes-vous, qui pouvez dire : Je ne l'ai pas connu ; quand j'étais malheureux, ma main n'a pas rencontré sa main, et sa voix ne s'est pas fait entendre à mon cœur ; ce n'est pas lui qui m'a consolé, ce n'est pas de lui non plus que ceux qui me consolèrent avaient appris les paroles qui apaisent le désespoir et qui rendent la douleur salutaire ; il n'a rien fait pour moi, il n'a rien fait pour ceux qui me sont chers, je ne lui dois rien !... Mais il était de ces hommes dont l'influence bienfaisante, encore qu'elle ne soit pas toujours visible, se fait sentir partout, comme l'action de la Providence. La sainteté qui fait l'homme semblable à Dieu, autorise cette comparaison. Et c'est surtout aux Saints que convient cette parole : *Vous êtes des Dieux* [1].

[1] Ps. LXXI, 6.

Son influence avait ce double caractère de sagesse et de bonté qui est le caractère de la Providence de Dieu. Tous ceux qui l'ont connu le savent bien. Mais cette influence s'est étendue jusque sur ceux qui n'ont jamais goûté la douceur de le voir et de l'entendre. Qui pourra dire où s'est arrêtée cette action féconde de l'apôtre? La vie de l'âme se communique et se propage comme celle du corps, mais avec une puissance et une rapidité qui ont véritablement quelque chose de mystérieux et de divin. Les âmes que l'apôtre enfantait hier à la grâce enfantent aujourd'hui des milliers d'âmes, et celles-ci enfanteront demain des âmes sans nombre. Après ceux qu'il a instruits, qu'il a exhortés, qu'il a fortifiés de sa parole, qu'il a préservés de la contagion du vice et de l'impiété, après ceux qu'il a consolés, qu'il a relevés et soutenus quand ils étaient accablés, qu'il a pressés dans ses bras, et qui béniront son nom jusqu'au dernier jour de leur vie et encore au delà, le P. de Ravignan à d'autres enfants qu'il n'a pas connus ici-bas et qui ne l'ont pas connu non plus, mais qui n'en sont pas moins ses enfants; car c'est à son cœur qu'ont été s'embraser du feu de la charité tant d'âmes généreuses qui en ont embrasé cette multitude d'âmes. Ne semble-t-il pas que les promesses faites à Abraham aient été faites encore à l'apôtre? Et c'est dans le Christianisme même où tout est merveille, une merveille incomparable que ces conquêtes innombrables du plus doux des hommes, que cette puissance qui s'étend partout et qui pénètre jusqu'au fond des cœurs, exercée par le cœur le plus humble.

Ces pages cependant ne s'adressent point à ceux, s'il s'en trouve quelques-uns, qui, en apprenant la mort du P. de Ravignan, n'auraient pas senti qu'ils perdaient un ami et un père. Ces détails ne peuvent avoir d'intérêt que pour des fils. Mais ceux qui, à l'amour et à la tendre sollicitude du P. de Ravignan pour eux, ont senti qu'ils étaient ses enfants, ceux-là seulement accueilleront comme elle doit l'être cette courte notice écrite par l'un d'eux sur leur père commun.

I

Gustave-François-Xavier de la Croix de Ravignan est né à Bayonne le 1er décembre 1795. Quelques semaines avant de le mettre au monde, sa mère avait failli être emportée par une fièvre pernicieuse. Sa jeune famille avait même été

amenée auprès de son lit pour qu'elle pût la
bénir. Cependant Dieu, qui savait quelle lumière cet enfant encore à naître répandrait un
jour sur le monde, et quel foyer de charité il
devait être au milieu de nos générations glacées
par le doute et par l'égoïsme, Dieu sauva la
mère et avec elle l'enfant qu'elle portait. Mais
celui-ci ne sembla naître que pour mourir aussitôt. Sa constitution profondément altérée par
la maladie dont je viens de parler, interdisait
aux siens tout espoir de le conserver. Mais Dieu
et sa mère le disputèrent à la mort qui parais-
sait s'acharner sur cette frêle créature. Dieu
tenait la main étendue sur le futur apôtre et le
gardait. Madame de Ravignan voulut nourrir
elle-même son enfant pour rallumer en lui la
vie prête à s'éteindre quand il venait de naître.

L'enfant fut baptisé le lendemain et reçut les
noms de Gustave et de François-Xavier. Le premier de ces noms était déjà dans la famille.
C'était jadis la coutume de mettre les enfants,
au moment où ils entraient dans l'Église par le
saint Baptême, sous la protection du Saint dont
l'Église célébrait la fête en ce jour-là. Fidèle à
cette pieuse coutume, aujourd'hui presque oubliée, madame de Ravignan donna saint Fran-

çois-Xavier pour patron à son nouveau-né[1].
Elle en eut, il faut bien le dire, une sorte de
regret plus tard, quand elle le vit entrer dans
la Compagnie de Jésus : elle pensa que saint
François-Xavier, à qui elle l'avait confié vingt-
sept ans auparavant, le lui prenait tout entier.

II

On remarqua dès les premières années le
caractère naturellement sérieux de cet enfant.
Il n'avait pas plus de quatre ans, que déjà les
amis de la maison l'avaient surnommé *l'ambassadeur*. Ils ne prévoyaient guère, en lui
donnant ce surnom pompeux, que plus tard
tout ce que le monde envie, les dignités, les
hauts emplois, tout ce que la fortune donne,

---

[1] La fête de saint François-Xavier avait été originaire-
ment fixée au 2 décembre, jour de sa mort, arrivée en
1552. Cette fête fut plus tard transportée au 3 décembre
par le Pape Alexandre VII. Néanmoins la plupart des
liturgies particulières l'avaient maintenue au 2 décembre.
Quelques-unes même, celle de Paris, par exemple, ne se
sont point encore, à l'heure qu'il est, conformées au
changement marqué par Alexandre VII.

Ce fut le 3 décembre 1857, jour de la fête de saint
François-Xavier au Bréviaire romain, que le P. de Ravignan interrompit, sous l'étreinte du mal et pour ne plus
les reprendre, les glorieux travaux de son apostolat.

serait à la portée de cet enfant devenu jeune homme; qu'il lui suffirait d'étendre la main pour y atteindre, et qu'il ne l'étendrait que pour repousser tous ces biens trompeurs qui font oublier les biens véritables. Il devait être ambassadeur en effet, mais ambassadeur de Dieu auprès des hommes déshérités de la Foi et des vertus que la Foi produit.

Cette gravité précoce n'excluait sans doute pas chez le petit Gustave les grâces, l'enjouement, l'amabilité de l'enfance, car nous avons tous pu goûter en lui et jusqu'à la fin je ne sais quel charme doux et puissant qui semble l'attribut et le privilége de la jeunesse, et qui pourtant se rencontre dans un âge plus avancé. Alors c'est le privilége de la pureté du cœur. C'est comme la floraison extérieure de cette racine de sainteté que les justes portent au-dedans d'eux-mêmes et qu'ils veulent soustraire aux regards des hommes. Mais cette grâce de la jeunesse que les ans n'ont pas emportée dans leur cours, que les fatigues, les douleurs et l'expérience de la vie n'ont pas altérée, est le signe auquel les hommes peuvent reconnaître la sainteté, c'est l'attrait qui la fait aimer à ceux qui ressemblent le moins aux

Saints. C'était l'attrait irrésistible du P. de Ravignan.

III

Placé tout jeune à Paris dans une institution où l'on se préoccupait peut-être plus d'assurer l'accomplissement régulier des devoirs extérieurs de la Religion que d'entretenir une tendre piété dans les âmes, il sut conserver dans son cœur les croyances qu'il avait sucées avec le lait et les sentiments que les leçons de sa mère avaient fait germer en lui. Un peu plus tard, étudiant en droit, il vécut au milieu d'une jeunesse dont les discours et les exemples auraient dû l'entraîner au mal; un peu plus tard encore, il traversa une société profondément troublée par la révolution, et qui, sans foi profonde et sans principes assurés, permettait aux hommes tout ce qu'ils osaient se permettre eux-mêmes. Gustave de Ravignan, se réfugiant dans la pratique assidue des devoirs de la Religion et des exercices de la piété, avant même de se réfugier dans la sainte Compagnie où il abrita sa vie pendant trente-cinq ans, échappa toujours à cette funeste contagion des doctrines et de l'exemple, à laquelle si peu d'hommes ont tout à fait échappé de notre temps.

IV

Il avait apporté dans ses classes d'humanités et dans l'étude du droit cette ardeur infatigable qu'il devait consacrer plus tard au service de Dieu, dans les rudes travaux de l'apostolat. Ses succès avaient été grands et rapides, et à vingt ans il était prêt pour les fonctions de la justice, si élevées même dans les degrés les plus humbles. Il avait le caractère et la science qui font le magistrat. Cependant, à l'entrée de la carrière, les événements politiques le détournèrent un moment du but où il tendait depuis le jour où il avait pu assigner un emploi à son talent et à son zèle. Après plus de vingt-cinq années d'orages, la France voyait son existence même compromise dans une lutte suprême. Gustave de Ravignan s'enrôla dans les volontaires royalistes. Il fut choisi pour aide de camp par le baron de Damas. On put croire, à voir ce courage chevaleresque et toutes les ressources nouvelles qu'il trouva en lui pour de nouveaux devoirs, qu'il s'était trompé jusque-là sur sa vocation, et qu'il y avait en lui, non les vertus qui font le grand magistrat, mais celles qui font le soldat et le héros. Son cœur était assez grand pour enfermer les unes et les autres, et il était capable de tous les héroïsmes.

Un de ses plus proches parents, un peu plus âgé que lui, engagé au service du gouvernement impérial quelques années auparavant, quand la lutte était entre la France et les nations étrangères, et non pas encore entre la France et la France, se trouvait ainsi, par l'enchaînement des circonstances, amené à combattre dans les rangs opposés aux rangs où Gustave s'était jeté avec un si généreux courage. Celui-ci voulut le convertir à la cause qui venait de faire inopinément de lui-même un soldat. Il rencontra d'abord dans son parent quelque résistance; il y eut même entre eux, malgré leur tendresse mutuelle, une sorte de refroidissement. Enfin Gustave l'emporta : il avait déjà ce don de parler au cœur et de faire aimer sa foi parce qu'elle était la sienne, et on aurait pu prédire dès lors que ce soldat serait bientôt un apôtre.

Le P. de Ravignan a gardé jusqu'à la mort une fidélité inviolable à toutes les nobles affections de sa vie : tous ses amis lui doivent ce té-

moignage! Enrôlé depuis dans la milice sacrée,
il n'a jamais désavoué les généreuses inspira-
tions de sa jeunesse. Que ceux qui sont empor-
tés par les mouvements désordonnés de leurs
passions s'en repentent plus tard, et qu'ils se
désavouent eux-mêmes, c'est raison. Mais celui
qui fait régner Dieu en son cœur et qui lui sou-
met toutes ses autres affections, n'a pas à
craindre qu'elles l'entraînent jamais trop loin,
il n'aura jamais à rougir de ce qu'elles lui au-
ront fait faire. Et le jeune royaliste de 1815
avait déjà les sentiments que le saint Religieux
de la Compagnie de Jésus exprimait si bien il
y a un peu plus de trois ans : « Nous étions
« ligueurs, comme beaucoup d'autres ; mais
« Henri IV l'a dit et reconnu ensuite, en nous
« défendant lui-même de sa vive et loyale pa-
« role contre le parlement de Paris : nous vou-
« lions avant tout la conservation de la Foi catho-
« lique en France et sur le trône. Et je suis de
« ceux qui pensent que la Ligue, malgré ses
« excès, n'en a pas moins eu l'honneur de sau-
« ver, dans notre pays, la Religion[1].» Mais, au

[1] Préface de la VIIe édition du livre *De l'Existence et
de l'Institut des Jésuites*, p. XXXII. — Cette préface est
datée du 31 décembre 1854.

temps même où il exposait si vaillamment sa
vie pour la cause de son roi, le volontaire royaliste mettait déjà la cause de Dieu et de son
Église encore bien au-dessus.

V

Quand les grands intérêts pour lesquels
Gustave de Ravignan avait pris les armes, eurent triomphé, le duc d'Angoulême s'efforça de
le retenir dans une carrière pour laquelle il
semblait si bien fait. Les prières, les instances
d'un prince, qu'alors on devait croire appelé à
régner dans un avenir assez prochain, auraient
vaincu la résistance d'un cœur plus accessible
à l'ambition. Gustave de Ravignan ne céda
point. Et ce fut par un généreux sacrifice du
brillant avenir qu'on lui montrait, qu'il entra
dans cette carrière de la magistrature d'où il
devait sortir par un sacrifice encore bien plus
beau.

Il y entre, il y avance à pas de géant. A
vingt-trois ans, il est conseiller auditeur. A
vingt-six ans, il est substitut du procureur du
roi à Paris[1]. Dieu paraît impatient de lui fournir

---

[1] Le 1er août 1821.

la matière du sacrifice qu'il attend de lui.
Gustave de Ravignan semble n'avoir atteint ce
poste brillant et si envié que pour le quitter
aussitôt. En vain, le premier président de la
Cour de Paris [1] dit, en apprenant sa nomina-
tion : « Laissez-le venir, mon fauteuil lui tend
« les bras. » En vain, ceux qui peuvent apprécier le savoir, la vigilance, la modération, la
fermeté, la sagesse, l'autorité du jeune magistrat, prédisent qu'il montera encore plus
haut et qu'il sera placé tout au faîte de l'admi-
nistration de la justice. Tout cela est de nul
prix à ses yeux, et il va fuir ces dignités et ces
grandeurs que les autres hommes poursuivent
avec tant d'inquiétude, et qui viennent s'offrir
d'elles-mêmes à ce jeune homme de vingt-
sept ans.

VI

Je ne veux pas amoindrir le mérite du sacrifice de celui qui renonce au monde à dix-huit
ou vingt ans, pour se donner tout à Dieu. Mais
que peut-on sacrifier alors, que les vagues
espérances d'un avenir incertain ? Je ne veux

---

[1] M. Séguier.

pas amoindrir le mérite du sacrifice de celui
qui, parvenu au terme de son ambition, si
l'ambition peut avoir un terme, abandonne
tout pour être tout à Dieu. Mais il a connu ce
qu'il avait rêvé si beau, et en le connaissant il
en a été désenchanté. Gustave de Ravignan ne
connaît point encore ces dignités et ces grandeurs que chacun lui prédit : elles sont là devant
lui ; elles sont encore belles comme l'espérance;
elles sont à quelques pas, il va tout à l'heure y
atteindre, et elles ne paraissent pas moins
assurées que la réalité. C'est au moment même
où la fortune semble tenir pour lui tout ce
qu'elle promet, qu'il rompt sans retour avec
elle. Il ne sera ni premier président, ni garde
des sceaux, ni ministre d'un roi de la terre. Il
sera bien moins et bien plus, il sera ministre
du Seigneur. Mais l'Église a aussi des dignités
et des grandeurs trop semblables aux grandeurs de la terre, et qui ne mettent pas moins
que celles-ci l'humilité en péril ; elle a des titres
magnifiques pour les chefs de la milice sacrée,
elle décore d'une croix la poitrine de ses Pontifes pour les désigner à la foule, mais cette
croix est d'or comme la couronne des rois; elle
a aussi des princes, et elle les revêt aussi de

pourpre. Si Gustave de Ravignan renonce à
l'avenir enchanteur qui lui était promis, ce
n'est pas qu'il préfère aux plus hautes dignités
de l'État les grandes dignités de la hiérarchie
sacerdotale. Non ; il ferme en même temps son
cœur à la pensée des unes et des autres. Et à la
même heure qu'il met entre lui et ces joies de
la famille pour lesquelles il semble formé, des
vœux perpétuels de chasteté ; à la même heure,
il met entre lui et toutes les dignités de l'Église
militante des vœux perpétuels de pauvreté, des
vœux perpétuels d'humilité [1]. Il n'y aura plus
de grandeurs ni de dignités pour lui sur la

---

[1] L'humilité du Jésuite ne se contente pas du renoncement aux grandeurs et aux dignités. Rien ne la peut satisfaire, que l'acceptation de tous les opprobres et de
toutes les ignominies, à l'exemple du divin Maître :

« Consentez-vous à vous revêtir de la livrée d'igno-
« minie qu'il a portée, à souffrir comme lui, par amour et
« par respect pour lui, les opprobres, les faux témoi-
« gnages et les injures, sans toutefois y avoir donné
« sujet?..... » *Exam.*, c. IV, § 44.

« Il faut répondre ; et, grâces immortelles en soient
« rendues à la bonté de Dieu, j'ai répondu oui. — Vous
« passerez pour fou. — Oui, cela me convient. »

« Jamais question plus étrange ne frappa des oreilles
« humaines ; jamais peut-être l'Évangile de la Croix et sa
« folie sacrée ne furent mieux présentés dans leur ru-

terre. Il n'y aura plus qu'une dignité où il puisse aspirer, mais il n'en recevra le titre que dans l'Église triomphante. Là, il espère, avec la grâce de Dieu, être un Saint. Mais il ne sera jusque-là qu'un pauvre Religieux, soumis à ses Supérieurs, allant où il leur plaira de l'envoyer, chargé de porter le flambeau de l'Évangile aux contrées lointaines que cette divine lumière n'a pas encore éclairées, ou de le rallumer chez les peuples qui l'ont laissé presque entièrement s'éteindre, ou chargé de la direction des âmes, ou chargé d'enseigner aux enfants, non pas peut-être le catéchisme, (que lui importerait, puisque l'amour des vérités que le catéchisme enseigne lui fait tout quitter?) mais de leur enseigner les belles-lettres ou les sciences humaines qui ont si peu de prix à ses yeux ; chargé peut-être, dans la Compagnie où il veut entrer, de fonctions encore plus modestes et en apparence tout à fait indignes de son savoir, de son intelligence, de son dévouement. Il accepte tout cela d'avance, il accepte tout ce qu'il prévoit et tout ce qu'il ne peut pas prévoir. Tant qu'il

« desse native. » *De l'Existence et de l'Institut des Jésuites*, VIIe édit., p. 79.

vivra, il ne disposera plus de rien, pas même de sa volonté.

VII

Il vivait encore au milieu du monde, et le monde croyait le posséder et ne pouvoir jamais le perdre, que déjà il roulait ces pensées dans son esprit et se renonçait lui-même par ses désirs et par ses espérances avant de pouvoir se renoncer par des vœux solennels que l'Église voulut recevoir. Il avait toujours conservé, parmi les séductions du monde, la pureté d'un lévite élevé à l'ombre du sanctuaire. Et l'expérience profonde que nous lui avons connue de la fragilité humaine et des indignes faiblesses dont on voit que ceux qui passent pour les meilleurs ne sont que trop capables, il ne l'avait pas encore, il l'a plus tard acquise dans les aveux qu'il a entendus. La candeur de son âme le rendait naturellement crédule aux promesses de la vie et aux dehors aimables des hommes. Et ce n'est pas par dégoût d'eux qu'il se voulait donner à Dieu, mais par un amour de Dieu qui parlait plus haut à son cœur que toute autre affection.

Il était dirigé par l'abbé Frayssinous et par

le Père Ronsin, directeur de la Congrégation de
la Sainte-Vierge. Il appartenait lui-même à cette
Congrégation si célèbre et si calomniée, qui
réunissait toute la jeunesse pieuse de ce temps-
là et en faisait comme une grande famille. Je
ne pourrais dire si l'abbé Frayssinous et le Père
Ronsin lui parlèrent les premiers de la Compagnie de Jésus, ou s'il la choisit lui-même, sans
le secours d'aucun conseil, dans son admiration
enthousiaste pour cette règle de saint Ignace,
qui mieux qu'aucune autre mortifie l'homme,
c'est-à-dire le fait mourir à lui-même pour le
faire renaître à Dieu et en faire ainsi un homme
nouveau. Ce cœur généreux avait d'ailleurs un
motif particulier d'aimer plus tendrement la
Compagnie de Jésus : il avait trop facilement
donné sa créance aux calomnies dont on la pour-
suit, il avait conservé pendant quelque temps
contre elle une haine injuste[1]. A ce signe, il
reconnut que Dieu l'appelait là.

---

[1] « J'ai eu des préventions contre la Compagnie de Jé-
« sus ; Pascal et les traditions parlementaires m'avaient
« trompé comme bien d'autres.

.. « Et, je dois le dire, c'est en quelque sorte malgré moi
« que je connus la vérité sur les Jésuites. Je ne veux
« point occuper le public de mon histoire ; je n'ai point
« à raconter ici ni par quelle voie il plut à la divine

VIII

Il mit cependant entre le monde qu'il voulait quitter et le noviciat de Montrouge où il voulait arriver, le séminaire Saint-Sulpice. Il n'avait jamais aimé le bruit ni l'éclat. C'était déjà bien assez que le monde apprît l'entrée au séminaire de ce jeune homme qu'il voyait hier dans ses réunions et dans ses fêtes. Mais si on lui avait dit que Gustave de Ravignan, à qui tant de succès obtenus naguère semblaient promettre tant d'autres succès, allait devenir Jésuite, accepter ce nom abhorré avec lequel il a

« Providence de me faire passer alors, ni quel fut ce tra-
« vail intérieur de la conscience dont Dieu a le secret,
« dont le souvenir est ineffaçable dans mon âme, et qui,
« en m'apportant la lumière, amena pour moi un chan-
« gement si entier d'existence.

« Mais ce que je puis bien déclarer, c'est que ma
« conscience fut formée et ma décision prise alors dans
« la situation la plus complétement libre de toute in-
« fluence : il n'a guère été jamais dans ma nature d'en
« accepter aucune.

« Ce que je puis encore affirmer, c'est que ce sont les
« choses qu'on méconnaît, qu'on défigure et qu'on atta-
« que le plus dans les Jésuites, qui me déterminèrent à
« me faire l'un d'eux. » (De l'Existence et de l'Institut
des Jésuites, VIIe édit., p. 18 et 19).

lui-même familiarisé depuis les plus rebelles,
le sentiment presque universel n'eût été ni de
l'étonnement, ni de la colère, ni de l'indigna-
tion, c'eût été de la stupeur. On était en 1822.

C'est en effet au mois d'avril ou de mai 1822
qu'il annonça cette résolution, déjà bien inat-
tendue, d'entrer au séminaire Saint-Sulpice. Le
procureur général, M. Bellart, lui écrivit, non
pour combattre son projet, non pour lui rappeler trop vivement tout ce qu'il abandonnait
et par là tâcher d'ébranler son courage, mais
pour lui parler le langage d'une prudence vraiment chrétienne. Si ceux qui auraient voulu
retenir Gustave de Ravignan dans le siècle ont
lu alors cette lettre, leurs regrets ont dû s'en
accroître en voyant l'estime singulière et l'affection profonde du procureur général de la
Cour de Paris pour le jeune substitut. Mais celui-ci, au contraire, dut sentir ses regrets, s'il
en avait, tempérés par ces réflexions tristes et
souvent amères du vieux magistrat qui était
peut-être digne de connaître dans toute leur
étendue les projets de son jeune ami ; car, indi-
gnement calomnié lui-même, voyant l'horreur
attachée à son nom par une tactique perfide des
partis, il n'aurait pas refusé toute sympathie à

de pauvres Religieux calomniés par les mêmes
passions ennemies, il n'aurait pu refuser son
estime à ceux que Gustave de Ravignan choisis-
sait pour ses compagnons et pour ses guides
dans les voies de la perfection.

IX

Voici cette lettre qui suffirait à la réhabilita-
tion de la mémoire de M. Bellart :

« 6 mai 1822.

« Mon bon et cher Ravignan,

« Si je n'étais pas comme vous, détrompé de
toutes les illusions humaines, votre lettre m'af-
fligerait profondément ; je regretterais pour le
monde et pour moi un bon et aimable jeune
homme qui promettait d'être l'ornement de la
magistrature et de rendre des services distingués à son pays. Je regretterais que vous met-
tiez vous-même un terme à une carrière que
tout présageait devoir être brillante, et procurer
à votre orgueil bien placé de nobles jouissances,
en même temps qu'elle vous aurait fourni de
grandes occasions d'être utile à la Religion, à
la société, au Roi, par une haute profession des
bonnes doctrines et par une distribution éclairée

de la justice. Tout en étant donc fort enclin à
vous applaudir par mes dispositions person-
nelles et par le dégoût que me donne si souvent
le spectacle de démence et de perversité auquel
j'assiste, je crois devoir m'élever au-dessus de
cette espèce d'égoïsme qui me fait envier plutôt
que désapprouver votre résolution, pour vous
inviter pourtant, mon cher Ravignan, à la méditer de nouveau. Elle est grave, elle va vous
imposer des devoirs très-austères, beaucoup de
privations surhumaines, auxquelles il faut que
vous soyez bien sûr de vous ployer aujourd'hui,
demain, des années, à jamais, votre vie entière,
sans murmures et surtout sans regrets.

« Je comprends un courage, un grand
courage soutenu durant un temps donné : mais
l'engagement de renoncer aux plus sérieuses
impulsions des lois de la nature est un terrible
engagement. Dans la ferveur, dans l'enthou-
siasme, l'imagination nous fait voir quelquefois,
comme constamment possible, ce qui ne nous
l'est qu'à force d'une grâce présente et d'une
vive résistance qui n'a pas encore eu le temps
de s'épuiser. Mais si cette grâce vous abandonnait, si cette résistance ne suffisait plus au
combat; si un long sacrifice et de toutes les

affections destinées à embèllir la vie de l'homme
de bien qui vit chrétiennement, et de toutes les
inclinations créées et permises de Dieu, qui les
a données à l'homme sous la seule condition
de n'y céder que selon ses saintes lois, devait
être, après de longues souffrances, en pure
perte ! si, après ces longues souffrances, il ne
devait aboutir qu'à une chute et qu'à exposer
le salut de votre âme ! Pesez, mon cher Ravignan, tout ce qu'un pareil dévouement aurait
de cruel, et réfléchissez-y bien, tandis que vous
le pouvez encore. J'adore, assurément, les
desseins de Dieu sur vous, si des hommes
éclairés et vertueux, au jugement desquels je
me fierai plus qu'au mien propre, les voient
clairement écrits.

« Quant à vous-même, si vous êtes bien sûr
de votre persistance, je vous crois heureux de
sortir de ce théâtre tumultueux, où j'éprouve
trop souvent le mortel ennui de vivre, pour ne
pas apprécier à toute sa valeur cette douce paix
de l'âme dont doit jouir celui qui est assez favo-
risé de Dieu pour vivre loin de ce jeu effréné
de passions, de crimes et de folies qui ne se
sont jamais produits plus à découvert, je crois,
sur la scène du monde. Mais n'y a-t-il pas aussi

un peu d'égoïsme dans une résolution pareille?
Vous vous serez fait votre part des avantages
de la société humaine, en conquérant une posi-
tion fortunée où vous échapperez à tous les
dangers du siècle; mais l'avez-vous faite aux
autres? êtes-vous bien sûr de ne pas sacrifier
quelques devoirs à votre goût? Dieu, qui vous
donne des talents, vous permet-il de mettre
lumière sous le boisseau? Il y a plus d'une manière, mon cher ami, de sacrifier sa vie. Un
bon mari, un bon père, un digne magistrat, un
chrétien fervent qui ne rougit pas de professer
sa Foi au milieu de la corruption du siècle, est
aussi édifiant et acquitte aussi bien sa dette en-
vers Dieu et les hommes qu'un saint prêtre.

« J'honore assurément du fond de mon cœur
ces héros de la Religion qui se dévouent à cette
vie de perfection et de sacrifices continuels,
dans laquelle, quand ils n'y portent que les
vues du Ciel et que la charité, il y a tant de
bien à faire à soi-même et aux autres. Mais il
faut obtenir des grâces du Tout-Puissant d'être
un héros véritable; car si on retombe, si on
redevient homme, on devient moins qu'un
homme. Ma tendre et véritable amitié pour
vous, mon cher Ravignan, m'a suggéré ces

réflexions; méditez-les. Il peut bien se faire que, parce que je n'étais pas digne de tenter de si grands efforts, ils effrayent trop, pour vous qui êtes plus fort, mon imagination. Mais mon affection paternelle vous devait cet acte de franchise. Je ne combats pas votre projet; je vous engage seulement à le bien mûrir. L'engagement n'est pas pris encore; s'il l'est jamais, je ne saurais plus que vous y affermir, et que former le vœu que dans votre nouvel état vous fassiez autant de bien que dans celui que vous quittez.

« Je vous embrasse.　　　　　　BELLART. »

On sait si ce vœu d'une amitié chrétienne fut exaucé, on sait si ce mot de M. Bellart, qu'*il faut obtenir des grâces du Tout-Puissant d'être un héros véritable*, fut vérifié dans Gustave de Ravignan ou plutôt dans Xavier de Ravignan : il est temps de l'appeler du nom qu'il préféra porter quand il connut, quand il aima les Jésuites et qu'il eut résolu de leur demander de l'admettre dans leur Compagnie; de ce nom qu'à partir de cette époque on trouve toujours dans sa signature[1].

---

[1] Jusqu'à la fin de l'année 1843, tant qu'on l'appela

X

Il y avait dix ans que l'abbé Frayssinous
dirigeait Xavier de Ravignan, quand il fut
nommé Évêque d'Hermopolis. Le jour même de
son sacre, le 11 juin 1822, et à l'issue de la
cérémonie, le premier usage qu'il fit des pou-
voirs qui venaient de lui être conférés avec
l'onction sainte, fut de donner la tonsure à ce
jeune homme qu'il avait si heureusement con-
duit du monde dans le sanctuaire. Après avoir
remercié Dieu qui permettait qu'il commençât
par Xavier de Ravignan l'exercice de ses fonctions
épiscopales : «Le monde, dit-il à celui qui était
« encore quelques semaines auparavant dans la
« carrière des honneurs et des grands emplois,
« le monde a parlé de votre sacrifice. Vous n'en
« avez point fait. Est-ce un sacrifice que de

« l'abbé de Ravignan, » jusqu'au jour enfin où dans son
livre *De l'Existence et de l'Institut des Jésuites,* il jeta ce
cri généreux: «Je suis Jésuite!... Ce nom est mon nom! »
Il signa : X. DE RAVIGNAN, PRÊTRE. Mais quand il eut
repris son nom de Jésuite, il voulut le porter toujours,
et il signa désormais : X. DE RAVIGNAN, S. J., comme
on le voit dans la lettre dont le *fac simile* accompagne ce
petit volume, et qui, si les souvenirs de la personne qui
me l'a communiquée sont exacts, a été écrite en 1844.

« quitter le monde pour Dieu ? » Puis, jetant
un regard d'envie sur la vie de retraite et de
paix qui s'ouvrait pour le jeune lévite : « Vous
« allez couler des jours paisibles dans une
« sainte solitude : n'oubliez pas ceux qui se
« trouvent lancés sur une mer fertile en orages
« et en écueils. » On assure qu'il lui dit le
même jour, conversant avec lui après cette
cérémonie si importante pour tous deux : «Mon
« plus vif désir est de vous avoir pour succes-
« seur dans l'œuvre des Conférences. » Ce vœu
était une prophétie.

Xavier de Ravignan était entré au mois de
mai 1822 à Saint-Sulpice. Mais le séminaire
n'était pour lui qu'un lieu de passage où il ne
voulait demeurer que juste autant qu'il fallait
pour être oublié du monde. Un temps bien
long n'est pas nécessaire. Le 2 novembre suivant, Xavier de Ravignan, après avoir fait à sa
famille l'abandon de ses biens, entrait au noviciat de Montrouge.

XI

Son sacrifice fut complet. Il se renonça lui-
même et sans réserve. Il ne fut pas seulement,
dès le premier jour, l'observateur le plus exact

et le plus scrupuleux de la règle, mais il soumit son cœur en même temps que sa volonté. Le renoncement extérieur ne fut que l'image et l'effet du renoncement intérieur. Son généreux dévouement était le sujet de l'admiration et de l'édification des autres novices qui voyaient en lui, je tiens ce témoignage de l'un d'eux, le parfait novice, comme plus tard ses frères aimèrent et admirèrent en lui le parfait Jésuite, animé de l'amour de la Compagnie[1],

[1] Il s'est trouvé, il se trouvera encore sans doute des gens ne craignant pas d'affirmer que le P. de Ravignan n'était point Jésuite de cœur; qu'entré par méprise dans la Compagnie, il y demeurait à regret.

L'Indépendance belge osait bien se faire écrire, le 5 mars, par un de ses correspondants de Paris :

« L'abbé de Ravignan était généralement estimé. « Quoiqu'il appartînt à la Compagnie de Jésus, il n'était « pas Jésuite, et je tiens d'un des membres les plus « distingués de la Compagnie, qu'il eût bien des fois « quitté le corps, si on n'avait pas eu pour lui des égards « particuliers en raison de l'influence que son nom « donnait aux Jésuites. Il y eut un moment où la Société « perdit un grand nombre de ses sujets qui ne purent « pas s'accoutumer au système de petites persécutions « et de petit espionnage qui est le régime intérieur des « Pères. Sans les ménagements dont j'ai parlé, M. de « Ravignan n'eût point persévéré chez eux. »

Ainsi, voilà un correspondant anonyme et un Jésuite encore bien plus anonyme (quoiqu'il soit un des membres

de l'esprit de la règle, qui est l'esprit d'obéissance.

Ai-je besoin de dire cependant qu'il n'avait

les plus distingués de la Compagnie, au témoignage du
correspondant), qui, doublement forts de leur ignorance
et de leur mauvaise foi, donnent, pour réjouir les lecteurs
de *l'Indépendance belge*, un démenti à toute la vie du
P. de Ravignan. S'ils avaient lu le livre *De l'Existence
et de l'Institut des Jésuites,* ils n'auraient sans doute pas
osé aller jusque-là. Mais, pour le lire, le correspondant
de *l'Indépendance belge* en connaissait-il seulement
l'existence? Et le Jésuite du correspondant en savait-il
plus long que celui-ci?

Le P. de Ravignan aurait tout souffert (sa dernière
maladie l'a bien fait voir) plutôt que de solliciter des
ménagements et des exceptions aux règles de l'Institut.
Quelques jours avant de mourir, il disait encore :
« L'amour des saints Exercices, tout est là pour nous.
« Mais aussi la conservation des règles! J'ai l'intime con-
« viction que, dans ces derniers temps, c'est le devoir
« des Supérieurs, parce que c'est le premier besoin des
» inférieurs. »

Pendant cette maladie, la pensée de « son bon Père
« saint Ignace » ne le quitta jamais, ni le jour ni la nuit.
Et il disait souvent : « J'aime mille fois mieux que la vie
« la Compagnie, la douce, la tendre mère qui m'adopta. »

Quand il connut le résultat de la consultation des
médecins, il s'écria : « Que je suis donc heureux de
« mourir dans la Compagnie, dans ma chère Compagnie
« de Jésus! Ah! quelle grâce! quel bonheur! Mon Dieu,
« que j'en étais indigne! »

pas atteint la perfection dès l'entrée de la voie
où il venait de s'engager pour y parvenir ? On
remarquait en lui au noviciat quelque roideur.
Alors il se faisait violence pour se transformer.
Mais, cette transformation accomplie, toujours
ferme et inébranlable dans ce qu'il avait résolu,
il fut doux, affable, bienveillant pour tous. Qui
a jamais apporté dans ses relations plus de
grâce et de suavité ? Il était bien l'apôtre évangélique, se faisant tout à tous pour les gagner
tous à Jésus-Christ. Les plus prévenus, les plus
défiants ont toujours senti, en sortant d'un
entretien avec lui, leur cœur disposé à l'aimer,
quoique Jésuite. Et cependant personne n'a
jamais pu se vanter d'avoir obtenu de lui aucun
de ces ménagements indignes d'un confesseur
de la vérité, par lesquels on s'imagine trop souvent rallier des esprits rebelles, tandis qu'on
pactise soi-même avec eux. Le P. de Ravignan
n'a jamais rien livré, dans les entretiens particuliers pas plus que dans les discours publics,
du dépôt sacré de la vérité, pas même pour
sauver une âme. Il savait trop bien que ce n'est
pas par la vérité trahie, abandonnée, que les
âmes se sauvent, mais par la vérité connue et
acceptée. Il fut toujours, dans toutes ses rela-

tions (et ses relations s'étendaient partout, comme sa charité), le gardien fidèle et inflexible de toutes les vérités de la Foi et de tous les préceptes de la morale évangélique. Mais à travers cet attachement inflexible qu'il laissait voir pour tout ce que le chrétien doit croire et confesser, on sentait la bonté, la tendresse de son cœur ; on lui résistait peut-être encore, quelques-uns lui ont résisté toujours, mais aucun n'a pu se défendre de l'aimer.

XII

Le récit évangélique passe sans transition de l'enfance de Jésus à sa vie publique. La vie de Jésus à Nazareth demeure une vie cachée. Telle est la vie de l'homme qui a quitté le monde pour se consacrer à Dieu dans l'Institut de saint Ignace. Sa vie est aussi, pendant de longues années, une vie cachée. Il nous faudrait franchir un intervalle de plus de dix ans et retrouver le P. de Ravignan admoniteur du Supérieur à Saint-Acheul, s'il n'avait été amené par le besoin de défendre sa Compagnie, à entr'ouvrir aux regards, non pas seulement des amis qu'elle compte au dehors, mais surtout de ses ennemis, la retraite profonde du jeune

Religieux. C'est ainsi que le P. de Ravignan est devenu lui-même, sans y prendre garde, l'historien de sa vie pour ces années que nul autre n'aurait pu raconter.

C'est d'abord le noviciat. Avant de se lier par des engagements irrévocables, avant de prononcer ses premiers vœux, le novice passera deux années à s'interroger en face de Dieu, sans pouvoir être distrait de cette méditation par aucun autre soin. Toute étude lui est interdite. « Conception hardie et puissante, qu'on ne « saurait bien apprécier par la théorie seule, « dit le Père de Ravignan; il faut l'expé-« rience. » Et il ajoute :

« Une distance si grande sépare la vie du « monde et la vie religieuse, les études d'un « homme destiné à marcher dans les voies du « siècle et celles d'un Religieux réservé aux « travaux apostoliques, que pour l'âme appelée « à ce genre de vie dans la Société de Jésus, « l'énergique et prudent législateur a voulu « créer en quelque sorte un milieu nouveau « et toute une existence nouvelle. Dans la « longue éducation de ses novices, et dans « l'absence même des études, il a entendu, « dit-il, préparer le meilleur fondement pour

« les études elles-mêmes, savoir l'humilité et
« toutes les vertus solides [1].

« La prière, les méditations prolongées,
« l'étude pratique de la perfection et surtout
« de la plus entière abnégation de soi-même,
« la réforme courageuse des penchants de la
« nature, la lutte journalière et fidèle contre
« l'amour d'un vain honneur et des fausses
« jouissances, l'usage familier des exercices
« spirituels et de la conversation avec Dieu, la
« connaissance de tout un monde caché au
« fond de l'âme et d'une vie tout intérieure;
« voilà ce qui remplit les heures du noviciat [2].

« On me pardonnera, en parlant de ce temps
« déjà bien éloigné de moi, d'y retrouver mes
« plus doux souvenirs; alors s'accomplirent
« les jours les plus heureux de ma vie. Berceau
« chéri de mon enfance religieuse, creuset
« laborieux de mon âme, épuration féconde de
« l'intelligence et du cœur, non, je ne vous
« oublierai jamais !

---

[1] « Ad præparandum earum fundamentum, humilita-
« tis scilicet ac omnis virtutis. » *Const.*, part. III, c. I,
§ 2. — *Instit. Soc.*, p. 372.

[2] *Const.*, part. III, c. I. — *Exam.*, c. IV, § 41. — *Instit.
Soc.*, t. I, p. 370 et 371.

« C'est bien là que viennent mourir les der-
« niers bruits du monde et ses vaines agita-
« tions. A l'école de la pénitence et de la
« prière, on se dépouille peu à peu de cette vie
« fausse, de ces intérêts factices, de ces affec-
« tions inférieures qui empêchent d'aspirer aux
« combats et aux triomphes de la grande
« gloire de Dieu et de la conquête des âmes. Et
« cependant l'onction des entretiens divins, et
« les attraits puissants de la grâce, et le bonheur
« intime d'une concorde, d'une paix inalté-
« rable, pénètrent, encouragent, consolent...
« Oh ! il faut le dire, que ces premières années
« s'écoulent avec une bienheureuse rapidité !

« Le novice, ainsi arraché aux illusions de
« la vie du siècle, et mieux prémuni désormais
« contre le danger de leur retour, n'est encore
« lié par aucun engagement; il est libre. Sou-
« vent, très-souvent, on appela ses réflexions
« sur les graves obligations que les vœux im-
« posent. Il dut passer par des épreuves répé-
« tées et décisives [1]. Il délibère, on l'examine;
« il est jugé, il juge avec une entière liberté.
« Il s'offre enfin, la Société l'accepte; après

---

[1] *Exam.*, c. I, § 9. — *Instit. Soc.*, t. I, p. 547.

« deux ans révolus, il se donne au Seigneur
« par une consécration irrévocable.

« Je n'essaierai pas de dire ce qui se passe
« alors dans l'âme.

« L'œuvre du noviciat est belle : le noviciat
« est ce travail régénérateur de l'esprit qui
« livre autant que possible à la grâce divine la
« possession entière des facultés , des forces,
« des habitudes de l'âme. C'est une sorte de
« création, une transformation puissante qui
« doit affranchir la liberté religieuse des innom-
« brables entraves dont l'embarrassaient les
« intérêts, les vues, les affections et les passions
« de la nature. C'est le foyer où le fer s'amollit
« pour reprendre un nouvel être ; c'est la lime
« qui dégrossit, qui ôte la rouille, qui prépare
« l'instrument et le remet utile entre les mains
« de l'ouvrier. Alors s'imprime une direction
« qui remplace dans l'homme toutes les direc-
« tions purement humaines, par l'unique ambi-
« tion de la gloire divine et du salut éternel de
« tous.

« A ce but tendent toutes les épreuves que
« le novice doit subir, toutes les règles qu'il
« doit observer, toutes les lumières qui lui sont
« prodiguées. Et saint Ignace, avec une con-

« stance qui ne se dément jamais, exprime
« presque à chaque page cette fin sublime de
« son œuvre : AD MAJOREM DEI GLORIAM : cette
« gloire pour laquelle nous sommes faits, qui
« commence ici-bas par la soumission fidèle de
« la créature raisonnable à son auteur, qui se
« consomme dans les cieux au sein de la béati-
« tude et des perfections infinies[1]. »

XIII

Voilà quelle fut la vie du P. de Ravignan au
noviciat de Montrouge, du 2 novembre 1822
aux premiers jours de novembre 1824. Vingt
années écoulées, il ne pouvait encore parler
qu'avec ravissement de ces jours de paix, de ces
heures bénies, de cette vie cachée en Dieu. Et
dans ce petit volume *De l'Existence et de l'Insti-*
tut des Jésuites, qui est la plus éloquente et la
plus complète apologie de l'Institut de saint
Ignace, il n'a pas donné à sa chère Compagnie
et aux Constitutions qu'elle tient de son fondateur, de louange plus belle que ces accents
de joie qu'il trouve en revivant un moment,
par la puissance du souvenir, de la vie du

---

[1] *De l'Existence et de l'Institut des Jésuites,* VIIe édit.,
p. 81, 82, 83 et 84.

jeune Religieux. Il était à la maison de la
rue des Postes quand il écrivait ces pages, et il
n'était pas assuré d'y demeurer longtemps :
l'association de ces chrétiens réunis librement
pour vivre sous une même règle était menacée
au nom de la liberté ; la persécution allait
suivre la menace, et cette famille religieuse
allait être dispersée. Le P. de Ravignan, prenant
la parole pour la défense de ses frères, remon-
tait le cours des années, et revoyait un moment
par la pensée ce noviciat de Montrouge qu'il
avait tant aimé. Comparant le calme profond
où s'était écoulée son « enfance religieuse »
aux troubles et aux agitations du présent, il
pouvait dire, lui aussi : « Quel état ! et quel
état [1] ! »

Les hommes du monde estimeront peut-être
que donner deux années à ce noviciat où toute
étude est interdite, c'est perdre un bien long
temps. Ceux qui en ont fait l'expérience pensent, on vient de le voir, tout autrement.

XIV

Le P. de Ravignan prononce ses vœux vers le

---

[1] BOSSUET, *Sermon pour la profession de madame de
La Vallière*, édit. de Versailles, t. XVII, p. 263.

4 novembre 1824. Il a près de vingt-neuf ans. Alors commencent ses études, et c'est lui-même qui va nous les raconter[1].

« L'heure des études a sonné ; le Religieux « de la Compagnie entre dans une nouvelle « carrière.

« Outre la puissance de l'exemple et la vie « de l'esprit, il faut encore à l'homme aposto- « lique la science convenable pour mieux aider « ses frères à atteindre l'entier accomplissement « de leurs destinées.

« Quand donc, dit saint Ignace, le fonde- « ment de l'abnégation et du progrès néces- « saire des vertus aura été jeté dans ceux qui « sont admis parmi nous, on songera pour lors « à construire l'édifice de leurs connaissances[2].

« Il faudra sans doute prendre garde que, « par suite de la ferveur des études, ne vienne « à s'attiédir l'amour des vertus solides et de « la vie religieuse ; mais il faudra aussi appor- « ter de sages tempéraments aux exercices de « mortification et de piété ; car les études exi- « gent en quelque sorte l'homme tout entier,

[1] *De l'Existence et de l'Institut des Jésuites*, VIIe édit., p. 85, 86 et 87.

[2] *Const.*, IV, Proœm. — *Instit. Soc.*, t. I, p. 378.

« *quodam modo totum hominem requirunt*[1].

« Ainsi voit-on dans les Constitutions tout se
« balancer et s'accorder selon les règles de la
« modération la plus sûre et de la plus haute
« prévoyance.

« Parmi les hommes, le nombre est petit de
« ceux qui sont à la fois vertueux et savants,
« *boni simul et eruditi pauci inveniuntur*. Aussi
« la pensée des premiers fondateurs de la Com-
« pagnie fut-elle d'admettre dans son sein des
« jeunes gens qu'on s'appliquât à bien former,
« et qui, par leurs qualités, donnassent l'espé-
« rance de voir se réaliser un jour en eux cette
« double condition de la science et de la vertu,
« à la fois nécessaire pour travailler avec fruit
« au salut des âmes.

« Ce sont encore les propres paroles de saint
« Ignace ; elles renferment le sens, le but et la
« raison de nos études[2]. »

XV

Le P. de Ravignan alla finir à Dôle ses études
théologiques commencées à Saint-Acheul. A
Saint-Acheul et à Dôle, il fut comme un éco-

---

[1] *Const.*, part. IV, c. IV, § 2. — *Instit. Soc.*, t. I, p. 383.
[2] *Const.*, part. IV, Proœm., litt. A; *ibid.*, p. 379.

lier docile sur les bancs. Il devint un théologien distingué dans cette Société de Jésus qui compte tant de fameux théologiens. Et en cessant d'être élève, il ne cessa pas d'être étudiant, chargé d'enseigner à son tour ce qu'il venait d'apprendre. C'est là le secret de la Société de Jésus pour avoir des théologiens consommés : après que ses jeunes Religieux ont étudié pendant quatre et quelquefois pendant six années, elle leur fait une nécessité de reprendre tout le cours de leurs études théologiques pour enseigner à la génération de jeunes Religieux qui les suit ce que leurs devanciers viennent de leur enseigner à eux-mêmes, et ils découvrent ce qui la première fois avait échappé à leurs regards dans les profondeurs de la science, et ce qui leur avait paru obscur s'illumine tout d'un coup à leurs yeux. Il y a dans les sciences, et surtout dans la science des sciences, un tel enchaînement de toutes les vérités, qu'il faut en quelque sorte les posséder déjà toutes, pour entrer en possession d'une seule. Et la première fois qu'on apprend la Théologie, on ne l'apprend pas d'une manière véritable, on se met seulement en état de l'apprendre.

Au moment où le P. de Ravignan fut institué professeur de Théologie, les ordonnances de 1828 faisaient fermer les colléges des Jésuites. Les jeunes professeurs étaient envoyés à Rome, en Espagne, à Dôle et à Saint-Acheul. On envoya le P. de Ravignan dans cette dernière maison.

XVI

Il y était en 1830, lorsque quatre ou cinq cents émeutiers, autorisés par le triomphe de la révolution à Paris, envahirent la maison au milieu de la nuit. On a vu aux événements de 1815 la bravoure de celui que nous avons appelé depuis le P. de Ravignan. Ce fut lui qui se présenta au balcon pour haranguer les émeutiers. Il sut se faire écouter de cette bande d'hommes grossiers et violents, et il allait leur persuader de se retirer sans commettre d'autres excès, lorsqu'un de ces incidents si fréquents dans tous les troubles vint faire perdre à tout le monde le fruit des bonnes paroles qu'il adressait à ces furieux et dont ils étaient étonnés et charmés, car le langage du jeune Jésuite ne ressemblait guère à celui des agitateurs qui soulèvent et font bouillonner les mauvaises passions de la multitude pour faire d'elle l'instrument aveugle de leurs propres passions. Déjà ces fiers conquérants d'un couvent se calmaient et allaient abandonner leur conquête. Mais tandis que le P. de Ravignan s'était élancé au balcon, d'autres s'étaient élancés d'autres côtés, soit pour organiser un système de défense, soit pour appeler les secours du dehors. Un'de ceux-ci ayant gagné le clocher se mit à sonner le toscin. A ce bruit, les émeutiers se croient trahis et ne veulent plus rien entendre, et une pierre partie des rangs de ceux qui commençaient à écouter le P. de Ravignan avec complaisance, vient le frapper et le blesser légèrement au front.

XVII

Il suffit d'avoir eu au moins une dizaine d'années en 1830, pour se rappeler la signification odieuse et sinistre attachée au nom de Jésuite. Tous les crimes publics ou privés dont les auteurs étaient restés inconnus, étaient l'œuvre des fils d'Ignace de Loyola, qui étaient en même temps les complices incontestés des autres crimes ; et on inventait, on imaginait encore des forfaits impossibles pour en accuser les Jésuites.

Aussi les Jésuites étaient hors la loi : aucune loi ne le disait expressément, mais la fureur populaire partagée par tant d'hommes qui se piquent cependant d'avoir sur toutes choses d'autres vues que celles de la multitude, ces cris de malédiction et d'exécration que soulevait le nom seul des Jésuites, témoignaient assez que la protection des lois ne s'étendait pas sur eux. Parmi ces hommes, contre qui tenait lieu de procès et de condamnation un nom formé du nom de Notre-Seigneur Jésus-Christ, se trouvait le P. de Ravignan !

XVIII

Il fut envoyé à Brigue, dans le Valais, où il continua d'enseigner la Théologie. Ceux qui ont eu le bonheur de l'avoir pour professeur, se souviendront toujours avec tendresse et avec admiration de ces leçons si simples et si savantes, de cette sévérité qui se faisait accepter si facilement de tous, parce que tous sentaient qu'elle avait sa source dans l'affection du maître pour ses élèves, de ce dévouement qui se proportionnait (c'est là le caractère du vrai dévouement) au besoin que les élèves avaient de lui; car loin de délaisser, comme on fait trop sou-

vent, les intelligences paresseuses ou rebelles,
pour ne s'attacher qu'à ces élèves qui promet-
tent de faire honneur par leurs succès rapides
à l'habileté du maître, il se préoccupait surtout
de ceux qu'il voyait laissés en arrière par leurs
condisciples, il venait à leur aide pour les faire
avancer, il avait pour eux des explications particulières, explications patientes et laborieuses,
mais qui triomphaient toujours des obstacles
que pouvaient lui opposer l'intelligence ou la
volonté de ses élèves, et qui fécondaient ces
esprits stériles sous un autre maître. J'ai parlé
de son affection pour les jeunes Religieux qu'il
était chargé d'instruire : c'est assurément une
grande force, et il en usait, comme je viens de
le dire, pour transformer les mauvais élèves.
Mais l'affection qu'il savait inspirer à ceux-ci
ne lui était pas un moindre secours. C'est le
propre du génie d'employer tout à ses fins et
de ne laisser aucune chose inutile. Il avait en
ce temps-là le génie de l'enseignement comme
il a eu depuis le génie de l'apostolat, ayant
toujours aimé la sainte règle de l'obéissance et
ayant toujours eu pour vocation de remplir
parfaitement les fonctions que ses supérieurs
lui avaient assignées. Il se servait de tout et

des récréations même et des promenades pour
assurer, en devenant le maître du cœur de ses
élèves, le succès de son enseignement. Aux
grandes promenades, il mettait tout en train
pour amuser ceux qu'il instruisait la veille et
qu'il allait encore instruire le lendemain. Qui
eût pu, le voyant alors, reconnaître en lui le
jeune magistrat grave et austère avant l'âge
qui avait quitté les fonctions augustes de la justice pour suivre des pensées plus hautes? Mais
en ce temps-là même où il se mêlait aux jeux
de ses élèves pour les animer, il réalisait en lui
le parfait Religieux. En effet, c'est pendant son
séjour à Brigue qu'il voulut demeurer sans feu,
malgré la faiblesse de sa santé qui semblait exi-
ger des ménagements particuliers et malgré
l'insalubrité de sa chambre exposée au nord,
très-grande et mal close. Il tomba malade, ses
supérieurs lui ordonnèrent de renoncer à cette
mortification. Il la remplaça par la mortification
de la volonté, il obéit.

XIX

Il quitta Brigue au mois d'octobre 1833 pour
aller faire sa troisième probation à Estavayer,
près du lac de Neufchâtel. Il s'y montra ce qu'il

fut dans tout le cours de sa vie religieuse,
doux, simple, et surtout docile comme un petit
enfant. Sans y songer, car il ne s'est jamais
cherché lui-même en aucune affaire, et surtout
il n'a jamais cherché l'admiration des hommes,
il a laissé voir toute la beauté de son âme dans.
ce qu'il dit de la troisième année de probation :

« Qu'on me permette de le dire, c'est ici le
« chef-d'œuvre de saint Ignace. L'homme qu'il
« destine au ministère apostolique a passé
« comme novice deux années de recueillement
« et de silence ; puis sont venus neuf ans d'é-
« tudes et cinq à six ans d'enseignement ; il
« vient d'être ordonné prêtre, et il n'a point
« encore rempli les fonctions du sacerdoce ; le
« plus souvent il compte trente-trois ans d'âge,
« et quinze à seize années de vie religieuse se
« sont écoulées pour lui : le religieux, le prê-
« tre rentre au noviciat.

« Il va, durant une année entière, renoncer
« encore à toute étude et à toute relation au
« dehors. On apporta de grands soins à culti-
« ver son intelligence ; il doit maintenant, pour
« dernière épreuve et pour préparation der-
« nière, s'exercer, suivant l'expression remar-
« quable des Constitutions, dans l'école du

« cœur, *in scholâ affectus*. Le mot est difficile à
« comprendre ; il m'a fallu, pour en pénétrer
« le sens, l'année révolue ; et je ne prétends
« pas ici l'expliquer.

« Je dirai seulement : ce religieux, ce prê-
« tre a pu acquérir des connaissances éten-
« dues et variées ; il a pu déjà aussi donner
« des preuves de dévouement et de zèle ; au
« sein de la solitude, dans une vie de retraite
« et de silence, rendu plus présent à Dieu et à
« lui-même, avant d'être livré aux autres, on
« va soigneusement l'appliquer « *in scholâ af-*
« *fectus* » à tout ce qui affermit et fait avancer
« dans une humilité sincère, dans une abnéga-
« tion généreuse de la volonté, du jugement
« même, dans le dépouillement des penchants
« inférieurs de la nature, dans une reconnais-
« sance plus profonde, dans un amour plus
« grand de Dieu ; de cette sorte, après avoir
« fortifié dans son âme, après y avoir fait péné-
« trer plus avant encore cette vie véritable-
« ment spirituelle, il pourra mieux aider les
« autres à s'avancer dans les mêmes voies pour
« la gloire de Dieu et de Notre-Seigneur [1].

---

[1] *Const.*, part. V, c. ii, § 1. — *Exam.*, c. iv, § 16. —
Instit. Soc., t. I, p. 403 et 348.

« Voilà ce que nous nommons, dans la Com-
« pagnie, *la troisième année de probation*, la
« dernière année de préparation et d'épreuve.
« Il passe bien vite ce temps d'un saint repos
« qui ne reviendra plus. J'en ai joui, il ne me
« sera plus donné d'en jouir avant ma mort;
« et, quel que soit le nombre des années que
« Dieu me réserve encore sur cette triste terre,
« l'année du repos ne s'y retrouvera plus
« pour moi.

« Alors la grande carrière des *exercices* du-
« rant tout un mois est encore parcourue; alors
« la prière, la méditation se prolongent; l'es-
« prit de l'Institut, les conditions de l'apos-
« tolat, la pauvreté, la souffrance, l'obéissance,
« tout ce qui constitue les devoirs du Religieux
« est de nouveau étudié, approfondi. Quelques
« catéchismes faits à des petits enfants, quel-
« ques missions dans les campagnes viennent
« seulement interrompre la solitude et servir
« comme de préludes aux ministères les plus
« chers pour un cœur d'apôtre. Je me reporte
« avec bonheur, je l'avoue, à ce temps où il me
« fut donné d'évangéliser quelques pauvres
« populations des montagnes; je l'ai bien sou-
« vent regretté depuis : bien souvent l'apos-

« tolat des grandes villes a contristé mon esprit
« et fatigué mon cœur ; et la jeunesse, que j'ai
« le bonheur de voir si souvent rassemblée au-
« tour de la chaire sacrée, me pardonnera ce
« souvenir et ce regret, quand je lui dirai, dans
« toute la sincérité de mon âme, qu'elle ne m'a
« jamais donné que des consolations [1]. »

XX

La vie apostolique du P. de Ravignan, con-
sacrée pendant tant d'années à prêcher l'Évangile aux grands de la terre, grands par la
naissance, par le pouvoir, par la fortune, par
la gloire ou par l'intelligence, commença par
les pauvres. Cette parole, qui devait retentir
avec tant d'éclat dans la chaire de Notre-
Dame et dans la petite chapelle du Sacré-
Cœur de Paris, annonça d'abord la bonne nouvelle dans une église de campagne, à Monthey,
dans le Valais, près du lac de Genève. Et c'est
en ces jours mêmes [2] où son nom était sur toutes
les lèvres, prononcé avec amour et vénération
par les uns, avec respect au moins par les

[1] *De l'Existence et de l'Institut des Jésuites*, VIIe édit.,
p. 92, 93, 94 et 95.

[2] Vers la fin de l'année 1843.

autres, que cet apôtre, vraiment digne de
l'Évangile qu'il prêchait, rappelait avec une
complaisance mêlée de regrets « quelques caté-
« chismes faits à des petits enfants, quelques
« missions dans les campagnes. »

Dois-je placer ici un souvenir de l'un des
témoins de sa troisième probation ? C'était, me
dit-il, l'homme le moins homme pour la susceptibilité, d'une douceur inaltérable qui avait
sa source dans une humilité profonde. Mais ces
vertus du P. de Ravignan n'appartiennent pas
plus à cette troisième année de probation qu'à
toutes les années qui ont suivi jusqu'à sa mort.

XXI

De la susceptibilité, il en eut une fois cependant, mais pour se plaindre d'une louange
que la France et la Catholicité tout entière lui
donnent bien haut aujourd'hui, la seule louange
qu'il ait voulu mériter, la seule par conséquent
qui pût mettre son humilité en péril. J'ai sous
les yeux une lettre qu'on veut bien me com-
muniquer, lettre sans date ; mais des circonstances particulières m'apprennent qu'il l'a
écrite moins de dix ans avant sa mort. Après

avoir donné un rendez-vous qu'on lui demandait, il ajoute :

« Vous êtes chrétienne pieuse et dévouée ;
« vous entendrez ma plainte sincère et respec-
« tueuse. Vous m'écrivez, vous me parlez une
« langue qui me cause toujours une peine
« réelle. Vous me dites qu'en vous adressant
« à moi, vous vous adressez à un saint ! Mais,
« grand Dieu ! c'est approcher du blasphème !
« et je vous l'assure sans aucune humilité.
« Croyez bien que je ne mérite que votre pitié
« tout au plus ; je vous demande, sans les mé-
« riter, vos prières. Ne me parlez donc plus
« que comme à un pauvre prêtre pénitent,
« sans vertu, sans qualité aucune, que Dieu a
« comblé de grâces et qui ne sait pas y ré-
« pondre. Je vous assure que vous m'indisposez
« profondément quand vous me tenez ce lan-
« gage. Ne le faites plus, je vous en conjure.
« Et puis tous ces compliments ! tout cet en-
« thousiasme exagéré pour mes pauvres pa-
« roles ! Ce n'est pas bien ; non, devant Dieu,
« ce n'est pas bien. La grâce peut agir assuré-
« ment par les plus vils instruments, et c'est
« ce qu'elle fait quelquefois quand je parle. »

En lisant ces lignes, tous ceux qui l'ont

connu croiront l'entendre. Et cependant aucun
d'eux peut-être ne l'a jamais entendu dire :
« Vous m'indisposez profondément..... » C'est
qu'il défendait ici son humilité contre la seule
tentation qu'elle pût craindre. Il aurait subi
sans se plaindre tous les outrages, et son
ennemi, s'il en avait eu un, n'aurait pas eu de
refuge plus assuré que la charité de ce grand
cœur. Mais cette seule parole : Vous êtes un
Saint, trouble sa mansuétude jusque-là inaltérable.

XXII

Ce souvenir de la douceur et de l'humilité
que ses frères admirèrent en lui pendant sa
troisième probation, vient de m'amener aux
dernières années de sa vie. Maintenant il me
faut revenir au mois d'octobre 1834, où finit
cette dernière épreuve.

Le P. de Ravignan fut alors envoyé à Saint-
Acheul comme admoniteur du Supérieur. Quelques mois après, il préludait en quelque sorte
aux conférences qui ont fait la gloire de son
apostolat, il montait en chaire devant des chrétiens plus difficiles à évangéliser que ces « pau-
« vres populations des montagnes » qui avaient

eu les prémices de sa parole; car ceux-là s'établissent les juges de celui qui leur parle au nom de Dieu, au lieu de l'écouter d'un cœur docile. Ils donnent volontiers leurs suffrages à un orateur soigneux des grâces du langage et préoccupé de la pompe du discours; mais l'éloquence d'un véritable apôtre les gagne plus difficilement. Cependant le P. de Ravignan, chargé de prêcher, dans la cathédrale d'Amiens, la station du carême de 1835, y avait obtenu ce succès, le seul digne d'envie, que Notre-Seigneur Jésus-Christ a lui-même promis à ses apôtres, lorsqu'il dit à Simon : « Avancez en « pleine eau, et jetez vos filets [1]. » Celui qui devait être un si grand pêcheur d'hommes avait fait aussi, à cette première station quadragésimale, une pêche miraculeuse. C'était assez pour la charité du prédicateur, ce n'était pas assez pour les desseins que la Providence avait sur lui. Paris voulut connaître cette voix qui réveillait la Foi dans les âmes en des jours où tant de fameux esprits déclaraient la Foi morte pour ne jamais renaître. Le P. de Ravignan, ou plutôt l'abbé de Ravignan (comme on l'ap-

---

[1] Luc, v, 4.

pelait en ces temps de proscription sous le nom
de liberté), prêcha la station du carême de 1836
à Saint-Thomas-d'Aquin. L'année suivante, il
monta dans la chaire de Notre-Dame, et y commença ces conférences célèbres qu'il continua
pendant dix années.

XXIII

Il succédait au P. Lacordaire, qui avait attiré sous les voûtes de Notre-Dame une foule
curieuse de savoir comment on pouvait défendre les croyances de l'Église catholique en plein
dix-neuvième siècle, et qui l'y avait retenue
par le charme de sa parole originale. L'éloquence du P. de Ravignan, éloquence sobre
et sévère, et peut-être un peu trop classique
pour une génération qui était encore dans toute
l'ivresse de sa révolution littéraire, n'aurait
sans doute pas amené à Notre-Dame ce concours de lettrés, de savants, de jurisconsultes,
appartenant à toutes les professions et à tous
les partis, je ne dis pas à toutes les croyances,
car ils ne croyaient guère, si j'en excepte un
petit nombre, et l'indifférence religieuse, qu'on
n'a pas craint d'appeler la foi du dix-neuvième
siècle, était toute leur foi. De ces curieux le

nouveau prédicateur fit des croyants. A ces
conférences où tant d'hommes venaient comme
ils vont à l'Académie, le P. de Ravignan donna
une conclusion pratique. A la station quadragésimale sur les vérités fondamentales de la
Religion, il ajouta une retraite préparatoire à
la Communion pascale, à ce grand banquet
qui depuis se renouvelant chaque année à
Notre-Dame, étonne la terre et réjouit le Ciel.
Qui n'a pas vu le P. de Ravignan distribuant
le pain de vie à ces milliers d'hommes accou-
rus à son appel, ne l'a pas connu. Je n'imagine
pas que ses yeux aujourd'hui fermés par la
mort, lorsqu'ils se rouvriront à la lumière du
jour qui ne doit pas finir, puissent briller d'un
plus vif et plus doux éclat. Sa belle figure
était alors illuminée d'un rayon céleste ; c'était
comme le reflet de la joie divine dont son cœur
était inondé à la vue de tant de pécheurs récon-
ciliés se pressant pour recevoir le pain des
Anges.

Mgr de Quélen, qui avait rétabli après un si
long intervalle et qui avait transporté à Notre-
Dame les conférences que l'abbé Frayssinous
avait jadis prêchées à Saint-Sulpice, eut le
bonheur de voir avant de mourir ce glorieux

achèvement de son œuvre. C'est dans la dernière année de son épiscopat, en ~~1830~~, que le P. de Ravignan prêcha sa première retraite des hommes à Notre-Dame, et l'antique métropole, abandonnée depuis si longtemps par la foule, vit pour la première fois le jour de Pâques, ~~20 mars 1830~~ *1842*, sa vaste nef se remplir des rangs pressés d'hommes avides de s'unir à Dieu dans le Sacrement qui est par excellence le Sacrement de son amour. Et le vieil Archevêque, avant de mourir, répandit ses bénédictions sur cette foule que, dans sa tendresse pastorale, il n'avait peut-être jamais désespéré de revoir participer, attentive et recueillie, au sacrifice; il répandit ses bénédictions sur l'apôtre qui lui avait ramené son peuple, il rendit grâces à Dieu dans son cœur en lui disant : « C'est maintenant, Seigneur, que vous laisse- « rez mourir en paix votre serviteur[1]. »

XXIV

Quelques mois après, Mgr de Quélen mourait[2], et les Vicaires généraux capitulaires confiaient au P. de Ravignan la mission de prononcer à

[1] Luc, ii, 29.
[2] 31 décembre 1839.

Notre-Dame son oraison funèbre. L'Archevêque
ne semblait-il pas l'avoir désigné lui-même? Entre le Pontife et l'orateur chargé de rendre à sa
mémoire cet hommage suprême, il y avait des
sympathies nombreuses et profondes, mais
elles n'allégeaient pas la tâche que celui-ci
avait acceptée. Au contraire, on allait épier
chaque parole de ce panégyriste suspect de
trop d'affection et de respect pour celui qu'il
avait à louer. Les passions furieuses déchaînées contre l'Archevêque depuis dix ans et qui
n'avaient pu lasser sa patience, n'étaient pas si
bien apaisées, qu'elles ne pussent se tourner
contre celui qui oserait louer trop haut l'invincible courage du Pontife et son généreux oubli
de tant de persécutions et de tant d'outrages. Il
fallait que l'orateur trahît la cause de cette
sainte mémoire qu'il était chargé de glorifier,
en évitant de rappeler ces violences sauvages
et sacriléges auxquelles Mgr de Quélen n'avait
opposé qu'un front tranquille et un cœur toujours prêt à pardonner; ou il fallait qu'il trahît
les généreuses intentions de ce cœur vraiment
paternel, en irritant par ces souvenirs les passions que le saint Pontife n'avait voulu dompter
que par sa douceur. Le P. de Ravignan savait trop

bien qu'il n'y a pas d'enseignement plus fécond que celui qui ressort du spectacle de la vertu aux prises avec le malheur, et il exposa dans tout leur jour les douleurs et les vertus de Mgr de Quélen. Mais celui qui était l'objet de ce discours funèbre et celui qui le prononçait ne pouvaient l'un inspirer et l'autre éprouver qu'une commisération profonde pour des furieux qui, ne se connaissant plus eux-mêmes, s'étaient armés contre leur Pontife et leur père, et l'esprit de charité qui animait ce discours permit à l'esprit de justice de rendre à l'héroïsme du Pontife l'hommage qui lui était dû.

Le P. de Ravignan, appliquant à Mgr de Quélen cette parole qui devait retentir avec tant de puissance dix-huit ans plus tard sur son propre cercueil, *Defunctus adhuc loquitur*, put ainsi, par une inspiration digne de lui-même et digne de ce Pontife qu'il célébrait et qui avait dans sa vie pardonné tant de fois à ses enfants, faire tressaillir ce cœur glacé en lui donnant la joie de leur pardonner encore une fois dans la mort.

XXV

Le nouvel Archevêque, Mgr Affre, dont tout le

mérite ne fut point de vivre dans sa mort, comme
l'ont dit des esprits obstinés dans leurs préventions, mais dont la mort révéla toute la sainteté
de la vie, Mgr Affre ne se borna pas à maintenir
le P. de Ravignan dans la chaire de Notre-
Dame pour la station quadragésimale et la retraite de la semaine sainte, mais il témoigna
en toute circonstance le prix qu'il attachait à
cette puissante coopération[1]. Tant que le P. de
Ravignan ne vit point la charité de son cœur
tout à fait trahie par ses forces physiques qui

---

[1] Le premier dimanche de Carême de 1841, le P. de
Ravignan parlant pour la première fois devant le nouvel
Archevêque, disait :

« Nous avions foi toujours au suprême et divin conduc-
« teur, qui toujours députe dans ses temps à son œuvre
« les nautoniers élus; et voilà que, du point le plus
« élevé de la barque de Pierre, la voix perpétuelle et tou-
« jours vivante du pêcheur de Galilée appela à la grande
« part de sollicitude et de dévouement un coopérateur
« savant et éprouvé.

« Formé à l'école vénérable de toute science et de
« toute vertu, il méritait d'en être une nouvelle et sainte
« gloire; et désormais sur le vaisseau de l'Église, pré-
« paré à d'immenses besoins, aux plus graves exigences,
« mais prêt aux combats comme au poids du devoir, il
« est venu accomplir l'œuvre divine, la défendre par ses
« doctes travaux, l'avancer par son zèle, la consommer
« par l'invincible amour de la justice et de la vérité. »

déclinaient de jour en jour, il put continuer cet apostolat fécond de Notre-Dame. Et
quand il tomba épuisé sur la route sans pouvoir aller plus loin, son œuvre, comme toutes
les fondations vraiment grandes, ne disparut
point avec lui. Lui-même ne savait pas alors
quels successeurs il plairait à la Providence de
lui donner; mais, ne pouvant plus instruire
cet immense auditoire par sa parole, il redou-
bla de prières pour qu'il plût au prédicateur
invisible qui parle au fond des cœurs d'en tou-
cher un plus grand nombre, pour qu'au saint
jour de Pâques les rangs fussent plus nombreux et plus pressés dans la nef de la vieille
métropole, et nous savons si cette prière conti-
nuelle qui montait de son cœur vers Dieu a été
exaucée! Mais pour demander à Dieu de montrer par là au monde que son serviteur était
inutile, comme le lui persuadait son humilité, il
n'attendit pas, encore plus dévoué au bien de
l'Église et au salut des âmes qu'à la gloire de
sa Compagnie, de voir à sa place dans la chaire
de Notre-Dame un de ses frères qui ne me par-
donnerait pas de faillir à la vérité en disant
qu'il fait oublier le P. de Ravignan, quand il
trouve au contraire tant de douceur à le rappeler.

XXVI

Mais je viens de descendre trop vite le cours
des années, et il me faut remonter un peu. La
station du carême, la retraite de la semaine
sainte et toutes les confessions qu'il entendait à
cette occasion, et je laisse à penser s'ils étaient
nombreux ceux qui s'adressaient à lui, quand
la plupart de ses auditeurs avaient été convertis par sa parole, quand il leur disait du haut
de la chaire : « Venez : que craignez-vous ?...
On ne dérange jamais un prêtre ; » quand,
pour mieux se mettre à leur disposition, il quittait la maison de la rue des Postes et venait
s'établir pendant la sainte semaine tout à côté
de Notre-Dame ; tous ces travaux et bien d'autres, car en même temps qu'il prêchait le soir
une retraite pour les hommes appartenant aux
professions libérales, il en prêchait une autre
le matin pour les ouvriers, une autre dans la
journée pour les femmes du monde, toutes ces
fatigues ne suffisaient point encore à son zèle.
Dans l'intervalle de ses stations quadragési-
males, et tandis qu'à Paris nous le croyions
occupé à préparer ses conférences du carême
prochain, il allait de tous côtés prêcher la con-

version aux pécheurs, la persévérance aux convertis, la pénitence à tous, se confiant toujours
dans la puissance de la parole de Dieu, ne se
confiant jamais dans l'éloquence du prédicateur, pas même dans l'autorité que pouvait lui
donner son nom répété partout dans l'admiration et dans la joie. Un jour, dans un couvent
des environs de Lyon, un prêtre inconnu monte
en chaire et parle aux jeunes pensionnaires
avec une onction, une douceur et surtout une
simplicité qui les charme, mettant tout à fait à
la portée de leur cœur les plus sublimes mys-
tères de la Religion. Comme elles demandent
après le sermon quel est ce bon prêtre, si bien
fait pour être l'apôtre des jeunes filles, on leur
répond : C'est le P. de Ravignan !

Elles avaient raison, ces enfants; il était fait
pour être leur apôtre, il était fait pour être l'a-
pôtre de tous, l'apôtre de ce qui est faible et
petit, l'apôtre du peuple et des enfants, l'apôtre de ce qui est puissant et fort, l'apôtre des
riches, des grands et des plus intelligents, l'a-
pôtre des pécheurs endurcis, dont il savait si
bien amollir le cœur pour y faire pénétrer les
premiers traits du repentir qui est le commen-
cement de la réparation; il était l'apôtre de ces

âmes fidèles à Dieu et dociles à la main qui les
guide dans les voies de la perfection ; et quand
le temps sera venu de publier les lettres qu'il
adressait de tant de côtés, présent partout à la
fois, par un véritable miracle de sa charité, on
admirera en lui un des plus grands maîtres de
la vie spirituelle. Il était l'apôtre de ceux qui
croient, l'apôtre de ceux qui doutent, l'apôtre
de ceux qui errent. Si tant de ruines à relever
dans les âmes ne l'avaient retenu au milieu de
nous, il eût été l'apôtre des protestants, il eût
ramené à notre Mère, la sainte Église catholique,
nos frères séparés. Combien n'en a-t-il pas convertis, malgré tant d'obstacles qui arrêtaient
les effets de son zèle apostolique ! Mais la mort
qui abuse nos sens, et nous fait croire qu'elle a
réduit l'apôtre à l'impuissance de convertir, la
mort, au contraire, l'a introduit en la présence
de Dieu, et à cette heure il demande à la Bonté
infinie les conversions qu'il n'a pas eu le temps
d'accomplir ici-bas.

J'ai dit qu'il allait porter partout la parole
de Dieu. La sainte règle de l'obéissance ne lui
a pas permis d'aller avec tant d'autres fils de
saint Ignace la porter aux extrémités de la
terre ; mais il prêcha l'Avent de 1841 au centre

de la Catholicité, dans l'église de Saint-Louis des Français. Et Rome reconnut dans le P. de Ravignan « celui qui monte dans la chaire sa- « crée, non pour recueillir des applaudisse- « ments, mais pour prêcher Jésus-Christ [1]. »

Sa Compagnie, qu'il aimait d'une tendresse toute filiale, ne l'employait pas seulement au dehors ; elle confiait encore à son dévouement et à sa prudence des fonctions qui ne paraîtront pas trop importantes, si l'on ne songe qu'au zèle et à la sagesse du P. de Ravignan, mais qui paraîtront bien considérables, si l'on se rappelle tout ce qu'il avait à faire en même temps: ainsi du mois d'octobre 1836 au mois d'octobre 1842, il fut Supérieur de la maison de Bordeaux.

XXVII

A cette dernière date, il est attaché à la maison de Paris. A peine y est-il depuis deux ans, poursuivant les travaux que j'ai racontés et tant d'autres dont l'énumération dépasserait les bornes de cette simple notice, lorsque les Jésuites sont menacés d'expulsion ou de disper-

---

[1] «... Colui che monta sul pergamo, non per riscuotere « applausi, ma per predicarvi Gesù Christo. »

sion ; car les passions ameutées contre l'Institut
de saint Ignace ne savent pas bien d'abord ce
qu'elles veulent, ou plutôt elles ne savent pas
ce qu'elles oseront vouloir. Elles reprennent
dans l'arsenal des vieilles calomnies toutes les
plus extravagantes, et elles retrouvent dans
l'esprit public la même crédulité. Alors, « le
« Jésuite est » encore une fois « tout ce qu'on
« déteste : il a commis tous les crimes, enseigné
« toutes les erreurs, même les plus contradic-
« toires entre elles ; il est le fléau , le persécu-
« teur universel, l'ennemi du genre humain[1]. »
Tout semble perdu. Des voix éloquentes s'élè-
vent en faveur de la Compagnie de Jésus , ou
plutôt en faveur de la liberté ; mais elles ne
sont point écoutées, et les révolutionnaires de
toutes les nuances déclarent que les Jésuites
leur sont suspects, et l'on sait ce que les suspects
ont le droit d'attendre des révolutionnaires.
Alors l'abbé de Ravignan, rejetant cette déno-
mination qui n'est qu'une demi-vérité, se lève,
et dit en face à la persécution qui s'avance :

« Je suis Jésuite, c'est-à-dire Religieux de la
« Compagnie de Jésus.

---

[1] Préface de la VIIe édit. du livre *De l'Existence et de
l'Institut des Jésuites*, p. VI.

« . . . .

« Ce nom est mon nom ; je le dis avec sim-
« plicité : les souvenirs de l'Évangile pourront
« faire comprendre à plusieurs que je le dis
« avec joie[1]. »

Jusqu'ici on ne savait pas bien ce qu'est un
Jésuite, et on croyait facilement tout ce qu'il
plaisait aux passions ennemies d'en raconter.
Mais on connaissait l'abbé de Ravignan, on l'a-
vait entendu ; en suivant ses conférences on
s'était pris à aimer tendrement le prédicateur
qui avait su inspirer un respect profond pour
sa personne, même à ceux qui ne l'avaient entendu qu'une fois. Et en disant, Je suis Jésuite !
le P. de Ravignan vient de justifier la Compagnie de Jésus, et l'on rit aujourd'hui de ces
contes stupides qui effrayaient hier toutes les
imaginations.

Cette petite brochure, parue il y a quatorze
ans, est, comme on l'a dit de tant d'autres
écrits, un acte en même temps qu'un livre.
L'acte, j'ose le dire, a fait tort au livre. On n'a
vu que le prêtre saint et vénéré qui a sauvé ses
frères en disant : Je suis l'un d'entre eux ; et

[1] *De l'Existence et de l'Institut des Jésuites*, VIIe édit.,
p. 17 et 18.

on n'a pas pris garde à l'écrivain et au polé-
miste. Effacez cependant le nom du P. de Ravignan de la première page de cette brochure, et
faites la lire à l'esprit le plus prévenu contre la
Compagnie de Jésus, et après, demandez lui ce
qui lui reste de ses préventions !

Après que le souffle de cette parole, Je suis
Jésuite ! eut fait crouler tout l'échafaudage de
leurs calomnies, les ennemis des Jésuites eurent
honte de leur tentative ; ils se sentaient con-
damnés par la conscience publique, et, à
moins qu'on n'ait la vérité pour soi, on ne peut
pas être fort contre tout le monde. Ne trouvant
pas en eux le courage d'abjurer cette haine
dont ils faisaient profession contre la Compagnie de Jésus, n'y retrouvant plus l'audace de
reproduire contre elle toutes leurs injustes exigences, ils les amoindrirent en les reprenant
pour demander au gouvernement d'alors d'y
satisfaire. Et cette persécution qui fit tant de
bruit avant de commencer, qui ne trouvait pas
de menaces assez formidables pour annoncer ce
qu'elle allait faire, ne fut que l'avortement ridi-
cule d'une haine impuissante. On troubla un
peu dans les habitudes de leur vie de pauvres
Religieux ; on les obligea de quitter la maison

qu'ils habitaient et d'aller passer quelques mois dans un autre quartier. La Compagnie de Jésus a trop bien éprouvé, dans le cours de son existence, ce qu'est la persécution, pour avoir été ici dupe de la bonne volonté de ses ennemis, qui, cette fois, n'ont pas même eu l'honneur d'être ses persécuteurs.

XXVIII

Deux ans après, en 1846, le P. de Ravignan étant allé, après ses travaux ordinaires du carême, au Jubilé de Liége, y tomba malade. Il n'attendit pas d'être tout à fait rétabli pour affronter les fatigues d'un voyage : il était attendu à Nantes, et, à peine convalescent, il y donna une retraite. Il avait épuisé ses forces, la maladie prit un caractère alarmant et on perdit tout espoir de le sauver. Lui-même pensa mourir cette fois, et laissa voir combien cette pensée d'une mort prochaine lui était douce. Cette joie de retourner à Dieu, qui fut bien plus vive encore dans sa dernière maladie, parce que ce n'était plus seulement l'espérance, mais la certitude de mourir bientôt qui le réjouissait, et on lui avait promis qu'il célébrerait au ciel la fête de saint Joseph (19 mars), et la fête de l'Annonciation (25 mars), cette joie de mourir est le seul mouvement d'égoïsme qu'on trouve dans cette vie. Une âme pieuse qu'il dirigeait le lui reprocha. Il accepta humblement cette leçon qui lui était donnée : « Ma santé, répon- « dit-il[1], est bonne ou mauvaise, je ne sais « trop. Vous avez raison de me gronder : il est « mieux de désirer uniquement ce que Dieu « veut. » La sainte femme qui lui avait ainsi reproché de vouloir quitter sitôt la terre où il faisait tant de bien, craignant de ne pas obtenir du P. de Ravignan qu'il prît de sa santé tous les soins nécessaires, se tourna vers Dieu pour lui offrir sa propre vie en échange de celle de l'apôtre. Dieu agréa ce sacrifice. En même temps qu'il appelait à lui cette héroïne de la charité chrétienne, il rendait quelques forces au P. de Ravignan.

Ces forces, qui à un autre auraient à peine suffi pour vivre, lui suffirent pour reprendre les travaux et les fatigues de son apostolat. Cependant le cours de ses conférences était fermé pour ne plus se rouvrir. Le 19 avril 1846 (dimanche de la Quasimodo), il avait promis à son

---

[1] Lettre à madame la comtesse Albert de La Ferronnays, du 1er octobre 1846.

grand auditoire de Notre-Dame de répandre encore sur lui, au carême suivant et tant que Dieu le permettrait, les enseignements de la Foi. Cette promesse, il n'a pu la tenir ; un de ses frères la tient aujourd'hui pour lui , et la tiendra sans doute pendant de longues années encore.

XXIX

Mais la vie du P. de Ravignan pendant onze années et plus qui lui restaient encore à vivre, ne fut pas moins laborieuse. Comme il l'avait prévu, le temps du repos ne se retrouva plus pour lui[1]. Il ne prêchait plus à Notre-Dame, mais il prêchait encore dans les chapelles des communautés, et particulièrement au Sacré-Cœur où il donnait aux femmes du monde, chaque année à la fin du carême, une retraite qui n'a pas laissé moins de souvenirs que les Conférences et la retraite pour les hommes. Il était,

---

[1] « Il passe bien vite ce temps d'un saint repos qui ne « reviendra plus. J'en ai joui, il ne me sera plus donné « d'en jouir avant ma mort; et, quel que soit le nombre « des années que Dieu me réserve encore sur cette triste « terre, l'année du repos ne s'y retrouvera plus pour « moi. » *De l'Existence et de l'Institut des Jésuites,* VIIe édit., p. 94 et 95.

malgré sa faiblesse, le confesseur le plus occupé
de Paris. Sa cellule était ouverte à tous, et
presque à chaque heure du jour. Au milieu de
ses travaux, et dans le temps même où il écrivait son livre de *Clément XIII et Clément XIV*,
il était toujours visible pour tous ceux qui
avaient besoin de ses consolations ou de ses
conseils. Ses consolations, les affligés n'avaient
pas toujours besoin d'aller les chercher, il les
leur portait bien souvent lui-même. Mais pourquoi essayer de raconter cette vie qu'il a racontée lui-même en faisant le tableau de la
journée du Jésuite ? Voici quelle fut jusqu'au
bout la vie du P. de Ravignan :

« Quelques heures sont toujours réservées
« néanmoins pour le travail solitaire et pour
« l'étude. Les uns, et c'est le plus grand nom-
« bre, sont appliqués aux pénibles et lentes
« préparations qu'exige la prédication évangé-
« lique ; d'autres se livrent aux recherches
« scientifiques et historiques. Tous s'emploient
« aux fonctions actives du ministère des âmes,
« qui, en général, laissent peu de place à un
« paisible loisir. Aussi, à moins que l'impé-
« rieuse nécessité ne fasse sévèrement interdire
« par le Religieux l'accès de sa pauvre cellule,

« elle est presque constamment assiégée. Et là
« se présentent librement les hommes de toutes
« les conditions, de toutes les opinions. Tous
« les genres d'infortune, toutes les afflictions
« de l'âme viennent tour à tour exciter notre
« compassion et notre zèle. La statistique des
« visiteurs d'une seule journée, chez l'un
« d'entre nous, serait quelquefois une bien
« curieuse histoire. Souvent la police y aura
« sa part, les intrigants y chercheront la leur ;
« la plus grande restera toujours à ceux qui
« souffrent, et qui viennent avec confiance nous
« demander consolation et vérité. A tous on
« tâche de faire entendre le langage de la Foi
« et de la charité. Ceux qui étaient venus pour
« nous tenter et nous prendre dans nos paroles
« se retirent souvent confus, quelquefois peut-
« être désabusés ; d'autres, en plus grand
« nombre, nous l'espérons, consolés dans leurs
« douleurs. Des hommes ennemis sont devenus
« les amis dévoués de ceux qu'ils ne connais-
« saient pas et qu'ils ont appris à connaître [1]. »
Sans y prendre garde, et en voulant rendre

[1] *De l'Existence et de l'Institut des Jésuites,* VIIe édit.,
p. 108 et 109.

témoignage à ses frères, il s'est rendu témoignage à lui-même. Mais cette justice, rendue à sa mémoire, serait trop insuffisante si, après l'avoir laissé parler lui-même, je ne laissais parler une voix sortie de l'une des maisons religieuses qu'il dirigeait.

« Il nous a souvent dit lui-même que, ne
« pouvant plus se livrer comme auparavant
« aux travaux du saint ministère, il avait reçu
« de Dieu comme une douce consolation pour
« ses dernières années, la mission de diriger et
« de soutenir les âmes dans les voies de la
« perfection; et, sans doute, il se dévouait
« d'autant plus volontiers à cette œuvre de
« zèle et de charité qu'elle était en harmonie
« avec son attrait pour la vie humble et cachée.
« Avec quelle condescendance ne cédait-il pas
« à tous les désirs ! Ce n'était pas sans admi-
« ration et une profonde reconnaissance que
« nous le voyions si souvent suspendre ses im-
« portantes occupations, surmonter même ses
« propres souffrances, pour venir prodiguer
« aux âmes ses consolations et ses conseils. Il
« trouvait dans son cœur, grand et généreux,
« le secret de compatir à toutes les peines,
« d'adoucir toutes les douleurs, et son ingé-

« nieuse charité semblait multiplier pour lui
« les heures et les forces. »

XXX

C'est surtout dans les années qui s'écoulèrent
entre la clôture de ses conférences de Notre-
Dame et sa mort, que Dieu lui fit la grâce de
ramener de nombreux protestants à la Foi catholique. Dirai-je que c'était par la charité qu'il
gagnait leurs cœurs ? On le connaîtrait bien
mal, si on pouvait supposer qu'il eut jamais
l'amour de la controverse.

Voici ce qu'il écrivait à la sainte et volontaire
victime qui depuis s'est offerte à Dieu pour
sauver une vie si précieuse :

« Vous voilà donc à Munich, dans la catho-
« lique Bavière. A l'égard des protestants que
« vous pourriez voir, soyez prudente autant
« que zélée, et plus encore prudente que zélée.

« Tâchez de gagner leur cœur et ne cherchez
« pas, de propos délibéré, à convaincre leur
« esprit. Lorsque la conversation roule toute-
« fois sur la séparation de croyance, sur les
« motifs de s'unir à l'Église catholique, ne
« dites jamais que quelques mots bien doux et
« bien simples, ceux, en particulier, qui répon-

« dent à tout, comme : Il ne peut y avoir deux
« vérités opposées, ni deux Églises vraies par
« conséquent. »

Il n'a jamais employé, pour la conversion
des âmes, plus d'adresse ; mais il a bien souvent employé plus d'efforts qu'il ne dit là.
Quelquefois, comme Jésus, il s'est arrêté lassé
de la vaine poursuite d'une âme[1]. Mais il re-
prenait bien vite courage, et s'élançait de nouveau, disant : Revenez, mon frère, à Dieu qui
vous appelle. Il connaissait trop bien les hommes pour ne pas désespérer facilement du
pécheur, s'il n'eût espéré toujours en la miséricorde de Dieu.

On comprend, sans qu'il soit besoin de les
dire, toutes les raisons qui s'opposent à ce
qu'on raconte, avant quelques années, les plus
éclatantes conversions qu'il a obtenues. Quelques-unes cependant peuvent être livrées, dès
aujourd'hui, à la pieuse curiosité des lecteurs
chrétiens.

XXXI

Je reproduis ici, sans y rien changer, le récit
qui m'est fait par un témoin :

---

[1] Quærens me, sedisti lassus. (*Prose de l'Office des morts.*)

« Nous l'avons vu un jour, à pied, de très-
« bonne heure, fatigué par une migraine vio-
« lente, demander ici pour une jeune fille,
« convertie depuis peu, et vivement sollicitée
« de retourner au protestantisme, un asile où
« elle pût, pendant quelques jours de solitude
« et de prières, se fortifier dans sa Foi et étudier
« plus sérieusement notre sainte Religion. Il
« revint encore la voir plusieurs fois, l'encou-
« ragea à la persévérance, et lorsqu'il la trouva
« assez affermie, il lui procura des ressources
« qu'il avait sans doute obtenues au nom de la
« charité, et lui fournit ainsi les moyens de
« s'éloigner des dangers auxquels elle pouvait
« être encore exposée.

« Dans une autre circonstance, choisissant
« notre modeste sanctuaire pour une pieuse et
« touchante cérémonie, il voulut bien nous
« rendre les témoins de ce qui était, pour son
« cœur d'apôtre, une vraie consolation et un
« repos au milieu de ses laborieux travaux :
« c'était l'abjuration de cinq enfants protes-
« tants, dont la mère était déjà devenue, par
« ses soins, une fervente catholique. L'un de
« ces enfants, âgé seulement de huit ans, s'était
« montré longtemps récalcitrant et obstiné ; il

« refusait avec entêtement de croire et de se
« soumettre, résistant à la grâce avec une force
« qui ne pouvait être qu'une tentation dans
« un enfant si jeune encore. Le R. P. de Ravi-
« gnan ne craignit pas de consacrer plusieurs
« heures de ses journées si précieuses, de sacri-
« fier ses importants travaux au salut de cette
« jeune âme. Il l'écoutait, répondait à ses
« objections, supportait même ses railleries et
« ses reproches avec une patience, une man-
« suétude vraiment admirables, et qui sut tou-
« jours triompher des volontés les plus rebelles.
« Enfin, il avait, en ce jour, la joie bien douce
« de les voir tous réunis au pied de l'autel,
« d'entendre leurs solennelles promesses et
« d'offrir à Dieu leurs âmes pures et régénérées.
« L'éducation des trois jeunes personnes nous
« fut aussitôt confiée ; nous éprouvions, en les
« approchant, ce même sentiment que le R. P.
« de Ravignan leur avait exprimé au moment
« de les quitter, en leur disant : « Maintenant,
« mes enfants, je vous respecte, car vous êtes
« des anges. » Elles édifient toutes leurs com-
« pagnes par leur caractère aimable et leur
« solide piété. »

XXXII

Dans une autre famille protestante qu'il avait
ramenée à la foi catholique, une sœur aînée
restait à convertir, qui s'obstinait dans son
éloignement, ayant promis à sa mère mourante
de ne jamais abjurer le protestantisme. Le
P. de Ravignan triompha pourtant de cette
résistance qu'il ne pouvait combattre qu'avec
des ménagements infinis, puisqu'elle s'ap-
puyait sur la piété filiale. Ceux qui l'ont connu
savent avec quelle délicatesse il redressait tous
les nobles sentiments lorsqu'il les voyait s'é-
garer par l'infirmité de notre nature. Dieu lui
fit la grâce de convertir cette jeune fille, et
quand il la vit s'approcher lui demandant de
verser sur sa tête l'eau sainte du Baptême, il
lui dit dans l'effusion de sa joie : « Ah! vous
« voilà! Comme je vous attendais! Nous ne vous
« disions rien, mais comme nous priions! »

XXXIII

Je viens de montrer combien était patiente
et délicate sa charité. Mais elle n'était pas
moins prompte et moins énergique, quand il
importait au salut des âmes. Le P. de Ravi-

gnan osait quelquefois accomplir en un instant
une conversion qui semblait devoir être l'œuvre
de quelques mois. Une dame américaine lui
écrivait le 30 décembre 1856 : « Je renonce au
« projet de vous voir demain. J'ajourne mon
« abjuration à mon retour. Je suis obligée de
« quitter Paris le 2 janvier. » Le P. de Ravignan lui répond aussitôt : « Vous viendrez
« demain au Sacré-Cœur vous confesser, et le
« 1er janvier vous recevrez le saint Baptême et
« la sainte Eucharistie à la messe que je dirai
« à sept heures. Que la Foi vous éclaire de plus
« en plus. Tout est bien, soyez en paix. » Ce
cœur ne résista point à ce langage évidemment
inspiré par le Saint-Esprit. Elle vint, elle ab-
jura, elle entra par le saint Baptême dans l'É-
glise catholique, elle reçut son Dieu dans
l'Eucharistie, et quelques mois plus tard,
le lundi de la Pentecôte 1857, catholique pieuse
et fervente, elle présentait ses cinq enfants au
noviciat du Sacré-Cœur pour être baptisés, et
c'était encore le P. de Ravignan qui les intro-
duisait dans l'Église.

XXXIV

Il me reste à raconter la plus touchante des

conversions qui peuvent trouver place ici dès
aujourd'hui. Mais j'aime mieux reproduire encore simplement le récit du témoin qui me la
rapporte.

« L'autel du Sacré-Cœur [1] était entouré de
« deux familles amies, au nombre de huit per-
« sonnes, qui, après avoir reçu ensemble le
« saint Baptême et la sainte Eucharistie, atten-

[1] La chapelle du Sacré-Cœur a vu la plupart des abju-
rations préparées par le P. de Ravignan. C'est là que son
souvenir restera vivant tant que vivra la dernière de
celles qui ont eu le bonheur de l'y voir ; et la bonne
odeur de ses vertus y survivra encore à tous les souvenirs
personnels. Il se partageait entre cette sainte maison et
la maison où il habitait et où il est mort. On le chérissait
et on le vénérait dans l'une comme dans l'autre. Et cette
affection que lui portaient les dames du Sacré-Cœur me
rappelle un trait de leur sollicitude pour lui et la réponse
qu'il leur fit. Elles lui avaient fait faire un confessionnal
nouveau plus profond et plus commode que celui dont il
se servait habituellement. Il leur demanda de lui permettre de rester dans l'ancien. Elles résistèrent d'abord,
mais il les pria si instamment de ne pas le déplacer,
qu'elles cédèrent. Elles voulurent cependant connaître
les motifs de cet attachement à ce confessionnal incom-
mode et où il devait être si fatiguant de rester pendant
de longues heures : « De ma place habituelle, leur dit-il,
« je vois la petite porte dorée du tabernacle. Cette porte
« bénie me repose de toutes mes fatigues et me console
« de toutes mes souffrances. »

« daient le même jour l'imposition des mains
« d'un illustre prélat. Le Révérend Père monte
« en chaire et commence ainsi son discours :

« Que Notre Seigneur Jésus-Christ soit loué
« et aimé d'avoir laissé à son Église des Sacre-
« ments qui régénèrent, vivifient, comme aux
« premiers jours du Christianisme ! Mes enfants
« en Jésus-Christ, je vous ai tout donné ! Ici
« mon pouvoir s'arrête, quand mon cœur vou-
« drait encore verser sur vous des torrents de
« grâce divine. Avec la plénitude de votre Foi
« nouvelle, inclinez vos fronts sous les mains
« du Pontife qui va appeler sur vous les dons
« les meilleurs de l'Esprit-Saint !... Que les
« joies chrétiennes sont pures, ô mon Dieu ! Et
« que le jour où nos frères séparés se réunis-
« sent à nous, a de douceurs !... »

« Dans ces familles, il y avait un bel enfant
« de quatre ans, à qui ses parents avaient
« donné le nom du Révérend Père à son Bap-
« tême catholique. Le petit Xavier avait pour
« son père spirituel un de ces attraits que l'en-
« fance ressent, sans le savoir, pour les Saints.
« Quand il arrivait, il courait seul au cabinet
« du Révérend Père, entrait et se jetait à son
« cou : Père, lui disait-il, je vous aime ! et le

« bon Père l'embrassait, jouait avec lui avec
« une simplicité touchante. »

XXXV

Tous ces travaux, toutes ces fatigues met-
taient souvent sa vie en péril. Au commence-
ment de l'année 1852, on désespéra de sa vie.
Mais tant de prières s'élevèrent de tous les cœurs
chrétiens pour faire violence au Ciel, qu'il nous
fut conservé. Je n'énumérerai pas toutes ces re-
chutes qui ont rempli les dernières années de
sa vie. Si j'en oubliais quelques-unes, on croi-
rait encore que j'en grossis le nombre. En 1854
comme en 1852, on crut que cette vie si précieuse à l'Église allait s'éteindre, et la sœur
Rosalie renouvela l'acte de dévouement qui l'a-
vait sauvé huit ans auparavant. Je place ici le
récit fait avec tant de charme, de ce sacrifice de
la fille de la Charité pour le Jésuite :

« En 1854, la sœur Rosalie voulut couronner
« tous ses actes de charité par le sacrifice de sa
« vie. Le P. de Ravignan était atteint d'une ma-
« ladie que l'on croyait mortelle ; l'Église de
« France levait au ciel des mains suppliantes
« pour obtenir la vie de son missionnaire : une
« douloureuse inquiétude s'était emparée de

5.

« tous ceux que sa parole avait ramenés à Dieu
« et conservés à la vérité et à la vertu. La sœur
« Rosalie se souvint que plusieurs fois une santé
« précieuse à l'Église avait été rachetée par le
« sacrifice d'une autre vie ; elle n'hésita pas à
« offrir la sienne à Dieu pour celle du P. de
« Ravignan.

« Il a fait, il est destiné à faire encore tant de
« bien ! disait-elle à ses sœurs en leur annon-
« çant son sacrifice ; et moi, j'en ai fait si peu,
« qu'il y aurait manque de charité de ma part
« à ne pas m'offrir à sa place ; le Seigneur, j'es-
« père, m'acceptera. »

« Dieu ne l'accepta pas alors, il rendit, sans
« cette précieuse rançon, son pieux et éloquent
« serviteur aux vœux et aux prières universels.
« La sœur Rosalie avait encore à agir et à souf-
« frir pour lui sur la terre, et la reconnaissance
« de la grâce obtenue ne fut pas troublée par la
« douleur d'une si grande perte [1]. »

XXXVI

Le P. de Ravignan eut encore au mois de
septembre 1857 une rechute qui mit ses jours

---

[1] LE VICOMTE DE MELUN, *Vie de la sœur Rosalie*, p. 265
et 266.

en péril. Sa santé se rétablit cependant. Du moins il le dit : combien d'autres se seraient crus fort malades s'ils avaient souffert tout ce qu'il souffrait quand nous l'avons vu reprendre tous ses travaux pendant les mois d'octobre et de novembre ! Il recevait comme par le passé les visiteurs dans sa cellule et au parloir, il confessait les hommes rue de Sèvres, et il allait pour les femmes passer des journées entières au confessionnal du Sacré-Cœur, il prêchait même ; il donna une retraite aux Carmélites de la rue de Messine. Le 3 décembre, il souffrait vivement d'un point de côté. C'était un jeudi, jour qu'il passait habituellement à son confessionnal du Sacré-Cœur. Il y fut encore et y demeura toute la journée. Doublement fatigué vers le soir, il revint cependant à pied, ou plutôt il se traîna jusqu'à la maison de la rue de Sèvres : il n'en devait plus sortir vivant.

C'était le jour de la fête de son saint patron, et il espéra tout d'abord que saint François-Xavier lui obtiendrait cette fois la grâce de mourir. Il ne put dire sa messe le lendemain ni les jours suivants. Cependant il la dit encore le 7 et le 8, la veille et le jour de la fête de l'Immaculée Conception. Depuis il ne lui fut plus jamais

possible de remonter à l'autel. S'il lui avait été
donné de choisir le jour où il devait dire la
messe pour la dernière fois, il n'en aurait sans
doute pas choisi un autre. Le 9 et les jours suivants, on lui porta chaque matin la sainte communion. Quand son Supérieur vit que la maladie se prolongeait, il obtint de S. E. le Cardinal
Archevêque de Paris qu'on pût dire tous les
matins la messe dans la chambre du P. de Ravignan. Chaque soir on y dressait un autel, et
le malade eut jusqu'au jeudi 25 février la joie
d'assister et de participer par la Communion au
saint Sacrifice.

XXXVII

J'abrége à regret le récit de cette longue et
sainte agonie. Celui de ses frères qui en fut plus
particulièrement le témoin, en a conservé pieu-
sement tous les détails pour l'édification du
monde [1], et si j'essayais de les raconter après
lui, je ne ferais qu'affaiblir son récit d'une si
haute éloquence dans sa simplicité. Ceux qui le
liront admireront cette joie du juste à l'appro-
che de la mort qui va le faire revivre, et par-

---

[1] *Maladie et mort du R. P. Xavier de Ravignan, de la
Compagnie de Jésus* (par le R. P. de Ponlevoy, S. J.).

dessus la joie de mourir une soumission sans
réserve à la volonté de Dieu. Ils verront avec
étonnement cette humilité qui redouble aux
derniers jours d'une si sainte vie, et se deman-
deront peut-être (on l'a déjà fait) : Comment le
P. de Ravignan, qui se rappelait toujours, soit
qu'il parlât, soit qu'il agît, qu'il était en la présence de Dieu, et qui parlait ou agissait comme
nous ferions tous si nous voyions Dieu face à
face, pouvait-il se croire un si grand pécheur
et descendre à cette profondeur d'humilité ?
C'est que par la sainteté l'homme s'élève jusqu'à Dieu, qu'il voit le bien et le mal d'une vue
toute surnaturelle, et que redescendant après en
lui-même pour se juger, les fautes que la plupart des pécheurs ne peuvent apercevoir s'a-
grandissent à ses yeux de toute la grandeur des
grâces que Dieu lui avait accordées pour les
éviter. Ces fautes ne seraient rien dans notre
vie à tous tant que nous sommes, mais dans la
vie du P. de Ravignan, quelle tache que la faute
la plus légère !

Cette humilité, qui ne peut être comparée
qu'à celle des plus grands Saints, n'ébranla cependant pas un seul instant son espérance d'entrer bientôt en possession de l'éternelle félicité.

C'est qu'il voyait aussi de cette vue surnaturelle la miséricorde de Dieu. « Ah ! disait-il, je « suis confus, humilié de penser que Dieu m'a « pardonné, je ne le comprends pas, non..... « C'est un mystère pour moi. » Et une autre fois : « Je le sens, c'est Dieu, Dieu tout seul qui « opère en moi, je ne fais rien, je ne suis que « passif. Je dois tout, après sa bonté, aux prières « qu'on fait pour moi. Je ne comprends rien, « rien aux bontés de Dieu : c'est un abîme. » Tout rempli du sentiment de la bonté infinie de Dieu, il pouvait dire : « Je suis bien tranquille « et bien content... J'ai le désir de mourir ; « trop, peut-être. Cependant Dieu m'est témoin « que ce n'est pas pour ne plus souffrir sur la « terre, mais seulement pour le voir dans le « Ciel. » Et il se chargeait en effet de toutes les commissions qu'on lui donnait pour le Ciel, ainsi qu'un exilé rappelé avant ses compagnons d'exil reçoit, au moment du départ, toutes leurs recommandations et promet de s'en acquitter en arrivant dans la patrie, et leur dit : Je ne vous oublierai pas [1] !

---

[1] « Au Ciel, si Dieu daigne m'y appeler, je ne vous « oublierai pas...

« Adieu, adieu, je vous bénis dans l'éternité. »

Lettre du P. de Ravignan à la Supérieure du noviciat

XXXVIII

Ces recommandations et ces promesses, ces prières et ces espérances, ont rempli ses derniers jours. Qui pourrait le plaindre de ce qu'il a souffert, disons mieux, de ce que son corps a souffert dans les ravages de la maladie ? Pour lui, élevé bien au-dessus de la chair, il semblait ne s'apercevoir de ces douleurs qui précèdent la séparation de l'âme et du corps, que pour remercier Dieu. Le 20 février, au matin, comme la nuit avait été très-douloureuse, il dit à son Supérieur, toujours assidu auprès de lui : « Ah ! « Dieu soit béni ! je craignais de ne point souf- « frir. »

Le 25, on remarqua tous les signes avant-coureurs de la mort. Le soir, en se retirant, le Supérieur recommanda au frère infirmier de venir l'appeler quand le moment serait venu. Vers le milieu de la nuit, le P. de Ravignan voyant que celui-ci voulait s'acquitter de cette recommandation, essaya de s'y opposer. Mais le frère alla prévenir le Supérieur dans la chambre

du Sacré-Cœur, à Conflans, datée du samedi 13 fé-vrier.

voisine. Ici je laisse parler ce témoin digne du grand spectacle qu'il va raconter :

« Il était une heure après minuit. Je trouvai
« le bon Père dans l'agonie. Sa poitrine était
« remplie, et une faible et bruyante respiration
« s'en échappait à peine. Il étouffait ; il était
« noyé dans une sueur froide, et ses pauvres
« mains étaient glacées.

« Mon bien-aimé Père, me reconnaissez-vous
« bien ? lui dis-je en arrivant. — Ah ! si je vous
« reconnais ! — Vous allez donc mourir ? —
« Mais je n'ai point encore assez souffert. —
« Pardon ! c'est la fin ! — Ah ! tant mieux ; j'en
« suis bien content. — Voulez-vous gagner le
« Jubilé avant de mourir ? — Volontiers. —
« Eh bien, baisez le Crucifix. » Je lui fis baiser
« un Crucifix vénéré, que lui-même m'avait
« apporté de Rome et sur lequel deux de nos
« Pères les plus saints avaient rendu leur
« âme. « Faites un acte de charité ; enfin, of-
« frez à Dieu Notre Seigneur le sacrifice de
« votre vie. — De tout mon cœur. — Mainte-
« nant demandez pardon à Dieu de toutes les
« fautes de votre vie. » Il joignit ses mains,
« leva ses yeux au ciel et dit à haute voix :
« Mon Dieu, pardonnez-moi toutes les iniquités

« de ma vie. Mon Père, priez Dieu qu'il me
« pardonne ! » Pendant ce temps-là il recevait
« la dernière absolution.

« Il me dit alors : « Vous demanderez pardon
« pour moi au Révérend Père Provincial. » Il
« était si bien présent à tout et si délicat qu'il
« se reprochait le souvenir de cette parole dite
« la veille au soir : « Je suis fatigué. — Mon
« bon père, vous n'oublierez pas toutes mes
« commissions pour le ciel. — Non, non. » Et
« le frère infirmier : « Vous prierez aussi pour
« moi. — Pauvre bon frère, pauvre bon frère !
« Il a été si soigneux et si dévoué pendant toute
« ma maladie ! Oui, je prierai pour vous. »

« J'allai prendre de l'eau bénite et lui en fis
« un petit signe de croix sur le front ; mais lui
« aussitôt fit encore un de ces grands signes
« de croix comme s'il était en chaire.

« Comme je vis qu'il allait passer, j'envoyai
« le frère avertir le Révérend Père Provincial.
« A peine celui-ci ouvrait-il la porte, que le
« mourant lui dit encore : « Mon Révérend Père,
« je vous demande pardon. » Comme je voulais
« le rassurer en lui disant que la veille il était
« entré dans nos intentions d'interrompre notre
« visite à cause de sa fatigue, il ne dit rien,

« mais il fit un geste de la main si expressif,
« qu'il était impossible de s'y méprendre :
« Laissez-moi faire, je sais bien ce que je dis. »

« Le Révérend Père Provincial lui dit : « Vou-
« lez-vous que nous récitions ensemble les
« prières des agonisants ? — Oui, oui, bien vo-
« lontiers. » Pendant que nous récitions ces
« prières à haute voix, il s'unissait visiblement
« à nous.

« A la fin, il n'avait plus qu'un souffle de
« vie : j'élevai devant ses yeux le Crucifix en
« prononçant le saint Nom de Jésus ; il y fixa
« ses derniers regards, et après trois longs sou-
« pirs, au Nom de Jésus, il expira dans le
« Sacré-Cœur[1]. »

Ainsi mourut le P. de Ravignan le vendredi
26 février 1858, à une heure et demie du
matin.

XXXIX

Le bruit s'en répandit aussitôt dans tout
Paris. Par les lettres particulières et par les
journaux, la funèbre nouvelle arriva partout
dès le lendemain. Elle fut même portée au loin

---

[1] *Maladie et mort du R. P. Xavier de Ravignan*, p. 55,
56 et 57.

dès le vendredi par les dépêches télégraphi-
ques[1]. La douleur fut universelle comme la
bonté de celui qu'on pleurait. Dans ce grand

[1] Parmi les plus glorieux témoignages qu'ait reçus la
mémoire du P. de Ravignan, je trouve dans un journal
de province, *la France centrale*, cet extrait d'une lettre
adressée à M. le baron de Ravignan, et datée de Venise
où la nouvelle de la mort venait d'arriver par la voie
télégraphique :

« Venise, 26 février 1858.

« A la première annonce du coup douloureux qui vient
« d'enlever à sa famille, à son ordre, à la France et à
« l'Église celui que vous pleurez, ma pensée, monsieur le
« baron, s'est portée aussitôt vers vous, et je n'ai pas
« voulu différer un moment à vous dire moi-même
« toute la part que je prends à votre juste et profonde
« affliction.....

« Nous espérions qu'il serait donné à votre saint et
« et vénéré frère de continuer, par l'éclat de son beau
« talent, l'autorité de son éloquente parole, le poids de
« ses sages conseils et l'ascendant de sa haute vertu, à
« honorer et à servir de longues années encore la cause
« sacrée de la religion et de la patrie. Mais la Providence
« en avait ordonné autrement. Il est allé recevoir au
« Ciel le prix de ses souffrances et de ses travaux aposto-
« liques, emportant les regrets de tous et laissant sur la
« terre une mémoire à jamais bénie. Vous puiserez dans
« ses pieux et nobles souvenirs la force de supporter
« cette nouvelle épreuve. Soyez bien convaincu que per-
« sonne ne la ressent plus vivement que moi, et croyez
« toujours à toute ma gratitude et à ma sincère affection.

« HENRI. »

deuil de l'Église qui venait de perdre un Prêtre, un Religieux, un Apôtre qui lui avait donné tant de gloire et tant de joie, les hommes les plus étrangers à toute pratique et peut-être à tout sentiment de piété, se sentirent profondément émus. Et l'on vit même un journal qui s'est voué à diffamer l'Église, son culte, son enseignement et ses ministres, donner comme d'une main contrainte et pour ne pas se rendre suspect à des lecteurs plutôt égarés que méchants, donner quelques éloges au Père de Ravignan, en le dépouillant toutefois de ce doux nom de Père qu'il avait tant aimé, parce qu'il lui rappelait sa chère famille religieuse, la Compagnie de Jésus.

Dirai-je la douleur des cœurs chrétiens ? Pour la bien comprendre, il faut que vous ayez erré sur tous les chemins du monde, loin de l'Église, et qu'une main secourable vous y ait ramené, il faut que vous ayez été pécheur longtemps impénitent et que vous ayez été réconcilié avec Dieu par un juste qui portait avec vous le poids de vos péchés pour vous donner le courage d'avancer dans cette voie difficile du retour, il faut que vous ayez été converti pour savoir comment on aime le ministre de sa

conversion, et quelle était pour le P. de Ravignan la tendresse de tous ceux qui le connais-
saient. Car tous avaient ce sentiment-là pour
lui, et il semblait aux meilleurs même, à ceux
qui ne s'étaient jamais établis dans l'erreur ni
dans le péché, qu'il les eût convertis, parce
qu'il savait toujours montrer, même à ceux que
nous croyons parfaits, une perfection plus
haute, et qu'il les aidait à s'en approcher.

Aussi quelles larmes répandues dans cette
salle basse de la maison de la rue de Sèvres,
où son corps demeura exposé pendant trois
jours ! Larmes bénies, larmes douces et salu-
taires, larmes de joie aussi bien que de douleur ! Deuil mélangé d'allégresse, comme on
l'a si bien dit [1] ! Sans pouvoir surmonter tout
à fait les impressions de la nature, sans pouvoir étouffer ses regrets, on rendait grâce à
Dieu qui venait de récompenser cette sainte vie
par le couronnement d'une sainte mort. Et faisant un juste retour sur soi-même, on se réjouissait d'avoir au Ciel un protecteur et un

---

[1] Premier article du journal *l'Univers*, dans son nu-
méro du samedi 27 février 1858.

Nous reproduisons, à la fin de ce petit volume, cet
article qui a si bien répondu au sentiment public.

Père, parti chargé de toutes les recommandations de ses enfants, et qui maintenant plongera
de là-haut dans le fond des cœurs pour y recevoir toutes les recommandations qui n'ont pas
pu lui parvenir ici-bas.

Sur ce doux visage qu'on avait vu si souvent
attristé des tristesses et encore plus des fautes
d'autrui, on voyait maintenant briller un reflet de la gloire de Dieu. Vivant, on contemplait, si j'ose ainsi dire, sur ce noble visage le
rayonnement de la sainteté de l'âme ; mort, on
contemplait le rayonnement de l'éternelle félicité qui est le prix de la sainteté [1].

XL

La foule se pressa pendant trois jours dans

---

[1] En parlant de la noblesse et de la beauté du visage
du P. de Ravignan, je ne dirai jamais assez au gré de
ceux qui l'ont vu. Pour les autres, je ne dirais jamais
assez à mon propre gré, car je ne saurais leur en donner
quelque idée. Je ne peux que renvoyer les uns et les
autres au beau portrait gravé par Achille Martinet, d'après
madame Juliette de Bourge (chez Schulgen et Schwan,
rue Saint-Sulpice). Je n'oserais dire que l'image retrou-
vée au fond de la mémoire par ceux qui l'ont fréquenté,
ne soit pas plus belle encore ; mais cette image-là n'est
plus qu'un idéal, et aucun portrait n'en approchera jamais
autant que celui-ci.

cette salle basse de la rue de Sèvres, et il fallut
bien souvent établir quelque ordre dans ce
concours de tant de personnes, comme on fait
toutes les fois qu'un spectacle magnifique est
exposé à la curiosité publique. Mais un étran-
ger entré là pour voir ce qui attirait ces flots
de visiteurs, aurait cherché des yeux la cause
de cet empressement. A la place du faste et de
la pompe qu'il avait cru trouver, il n'aurait vu
que des toiles blanches qui couvraient les murs
et quelques cierges qui laissaient assez obscure
une partie de la salle. Mais en baissant les yeux
il aurait vu les reliques d'un Saint qui venait de
s'endormir dans le Seigneur.

C'est là ce que tout Paris est venu voir,
poussé par une curiosité pieuse. Paris a vu
bien des fêtes, bien des spectacles, bien des
magnificences. Il n'a rien vu de plus beau que
ce spectacle qui lui a été donné et qu'il s'est
donné à lui-même par son empressement pendant les trois derniers jours de février et encore le lundi 1er mars quand le corps du P. de
Ravignan a été porté de la rue de Sèvres à l'é-
glise Saint-Sulpice. Tous les fronts demeu-
raient découverts et inclinés sur le passage de
cet humble cortége. En ce jour, la Société

de Jésus fut vengée de tant de calomnies et de
tant d'outrages, car c'était un Jésuite qui passait et que la foule émue saluait avec vénération. Mais il fallait bien confesser que ce Jésuite
était un Saint !

XLI

Déjà, la veille, le sentiment public avait accueilli avec un transport mal comprimé par le
respect dû au saint lieu ces paroles tombées du
haut de la chaire où le P. de Ravignan avait
évangélisé tant de fois la foule incrédule :

« Messieurs, supposez que, dans une grande
« cité, un homme se soit trouvé dont la vertu,
« du lieu où Dieu l'avait placée comme un
« flambeau, ait pu luire sur des multitudes,
« d'un pur et inaltérable éclat ; un homme qui
« ait montré constamment en lui-même une
« triple représentation de Notre-Seigneur Jé-
« sus-Christ en portant devant les âmes la vé-
« rité qui les éclaire, la bonté qui les attire et la
« sainteté qui les édifie ; un homme qu'on n'ap-
« prochait pas sans se sentir élevé vers quelque
« chose de plus haut que la terre et qu'on ne
« quittait pas sans emporter de son contact
« comme une impression de son Dieu ; un

« homme qui, après avoir dit adieu aux gran-
« deurs du monde, a passé comme son Maître
« en faisant le bien, et qui meurt comme il a
« vécu en consommant tout le bien qu'il a fait ;
« un homme qui, après avoir ému et attendri
« des multitudes par l'onction de sa parole, les
« tient encore plus émues et plus attendries par
« la douceur de son souvenir ; un homme qui
« parle dans sa mort plus haut que dans sa vie :
« *defunctus, adhuc loquitur*, et jusqu'en son si-
« lence continue d'instruire, d'émouvoir et
« de sanctifier tous ceux qui entendent cette
« leçon de sa mort, suprême discours que l'a-
« pôtre mourant fait entendre à la terre ; un
« homme enfin dont on a pu dire que *le deuil*
« *qu'il laisse à ceux qui l'ont connu est mélangé*
« *d'allégresse* [1].

« Eh bien, je le demande, cet homme pas-
« sera-t-il dans l'humanité sans donner à tout
« ce qui l'aura touché un mouvement qui élève
« et agrandit ? Quelles élévations ne donnera
« pas à des milliers d'âmes ce passage d'une
« grande âme ! quels essors vers le bien ne re-
« cevront pas des milliers de cœurs du contact

« de son grand cœur ! Cet homme n'aura-il pas
« sa part dans la purification du peuple, le
« perfectionnement des hommes et le progrès
« de la société[1]?... »

Après cet hommage du frère qui lui succédait
dans la chaire de Notre-Dame, après l'hommage
de tout l'auditoire qui semblait parler lui-
même par la bouche du prédicateur, S. E. le
Cardinal Archevêque de Paris laissa éclater la
douleur de son âme. Dans cette perte universelle, qui a plus perdu que le Pontife chargé du
diocèse de Paris ? Qui remplacera pour lui cet
ouvrier infatigable dans la conversion des pécheurs ?

Le lendemain, à Saint-Sulpice, il fit lui-
même l'absoute. Alors parut tout à coup dans
la chaire un ami fidèle du P. de Ravignan, un
ami de toute sa vie, Mgr l'Évêque d'Orléans. La
voix pleine de sanglots, il fit sortir de ce cercueil
un enseignement plus puissant encore que l'enseignement qui avait illustré cette vie, l'enseignement de la mort. Et au nom de l'Église
qui lutte et qui souffre ici-bas, il dit adieu à

---

[1] Le R. P. Félix. Deuxième Conférence de la station
quadragésimale de 1858.

celui qui venait d'entrer dans l'Église triomphante[1].

Le corps fut ensuite porté au cimetière du
Mont-Parnasse, et traversa les rues au milieu
des mêmes témoignages d'attendrissement et
de vénération qu'il avait reçus en se rendant à
Saint-Sulpice. Après les dernières prières, on
descendit ces chères reliques dans la sépulture
de la Compagnie de Jésus. Une foule innom-
brable voulut jeter l'eau bénite sur ce cercueil;
et, la cérémonie achevée, se retira lentement et
en silence.

XLII

Depuis quinze jours que la terre a reçu cette
dépouille vénérée, ceux qui l'ont connu, qui
l'ont aimé, ceux même qui ne l'ont jamais vu
et qui ne savent de lui que son nom et ses vertus, vont le visiter, le prier, lui demander encore de les conseiller dans les difficultés de la

---

[1] Jamais l'éloquence n'a parlé un plus beau langage,
jamais l'amitié n'en a parlé un plus tendre.

Monseigneur l'Évêque d'Orléans a eu la bonté de me
permettre d'ajouter à mon récit cette magnifique Oraison
funèbre. Je l'en remercie pour moi-même et pour mes
lecteurs.

vie, de les consoler dans leurs douleurs. Il les
accueille toujours avec la même bonté, il leur
parle maintenant avec encore plus de puissance,
car il leur parle au fond du cœur. Il est là-haut,
et tant d'âmes qui l'appelaient leur père, qui
l'avaient précédé dans la vie éternelle et qui l'at-
tendaient, se sont réjouies en le voyant venir,
elles sont allées à sa rencontre et lui ont fait un
cortége lumineux quand il s'est présenté devant
Dieu. Il n'aurait pas pu les appeler toutes par
leurs noms ; il y avait une multitude innom-
brable de celles qu'il n'avait jamais vues et qui
avaient été sauvées par lui. Ses enfants l'ont introduit au séjour de la gloire. Il est là-haut,
mais il est encore au milieu de nous, pour nous
aimer comme il faisait, nous parler, nous instruire et nous fortifier. Que votre esprit, ô mon
Père, habite toujours parmi nous, que votre
présence, invisible désormais aux yeux du
corps, soit toujours visible aux yeux de l'âme.
Qu'on vous reconnaisse vous-même en nous,
comme après la mort d'un père on le retrouve
encore dans les traits, dans le regard, dans la
parole de son enfant. Qu'on reconnaisse votre
Foi dans la nôtre, qu'on retrouve en nous cet
amour dont vous étiez embrasé pour la vérité,

qu'on y retrouve encore, quand nous la défen-
drons, ce caractère d'énergie et de modération
tout ensemble, de zèle et de prudence, surtout
de patience, de douceur et de fermeté, qui était
votre caractère et qui doit être celui de votre
famille spirituelle. Que notre vertu, ayant
comme la vôtre son fondement dans l'humilité,
nous rende comme vous aimables à ceux que
nous voulons ramener de leurs égarements.
Qu'en nous faisant aimer nous fassions aimer
Dieu en nous par les mêmes attraits qui vous
rendaient si puissant. Mais que surtout, dans
nos disputes entre nous tous qui portons égale-
ment le même nom de Chrétiens et le même surnom de Catholiques, nous soyons toujours les
exacts observateurs de cette règle de l'Église,
qui était votre règle, et qui, réservant à l'autorité les décisions nécessaires, laisse les questions
douteuses à la liberté. Qu'on retrouve une fidèle
image de la tendre affection que vous aviez pour
nous tous, dans la tendre affection que nous
aurons les uns pour les autres. Et que la charité mette aujourd'hui sur nos lèvres ces paroles qu'elle mettait sur vos lèvres il y a dix-
huit ans : « Heureux si nous pouvions, sur les
« cendres d'un Père, oubliant nos divisions et

« nos erreurs, nous embrasser et nous unir
« dans une Foi, une Église et une même cha-
« rité[1] ! »

[1] *Oraison funèbre de monseigneur de Quélen.*

FIN.

PAROLES

PRONONCÉES AUX OBSÈQUES

DU R. P. DE RAVIGNAN

DANS L'ÉGLISE DE SAINT-SULPICE

Le 1ᵉʳ mars 1858

PAR MᴳᴿL'ÉVÊQUE D'ORLÉANS

Ce n'est point ici une oraison funèbre. L'oraison funèbre du P. de Ravignan reste à faire. Ce sont quelques simples paroles inspirées par la douleur et l'éclat d'une solennité, où le silence était impossible, et où l'amitié ne pouvait refuser ce que demandait la reconnaissance publique.

J'ai dû consentir à laisser publier ces paroles, telles qu'elles ont été prononcées et recueillies à Saint-Sulpice. Je n'y ai rien ajouté, si ce n'est quelques lignes des saintes Écritures qui expriment, mieux que ne le peuvent faire tous les discours, la noble et religieuse physionomie de celui que nous avons perdu.

† F., *Év. d'Orléans.*

> *Defunctus, adhuc loquitur :* Il est
> là..... il est mort..... et il vous parle
> encore. (S. Paul, *Hebr.*, II, 4.)

Messeigneurs [1],

Messieurs,

Que vous dirai-je pour répondre à vos regrets, à vos
larmes, à vos vœux, à vos souvenirs et à vos espérances,
à toutes les pensées de vos cœurs? Que vous dirai-je,
sinon ces paroles : *Il est là.... il est mort.... mais il
vous parle encore. Defunctus, adhuc loquitur.*

Que dirai-je, Monseigneur, pour répondre à l'honneur et à la consolation de votre présence, et pour vous
consoler vous-même, au moment où s'éteint dans votre
diocèse cette grande voix, si dévouée à l'Église ? Que
dirai-je, sinon la parole de saint Paul ? — Oui : il parle
encore, et par la vertu impérissable d'une si sainte

---

[1] Son Éminence Mgr le Cardinal Archevêque de Paris; S. E. Mgr le
Cardinal Archevêque de Bordeaux; Mgr l'Évêque d'Hétalonie, auxiliaire
de Mgr l'Évêque d'Ajaccio ; Mgr l'Évêque de Cybistra, Vicaire Apostolique de Canton ; Mgr l'Évêque de Piblos, Vicaire Apostolique de la
Cochinchine, présents à la cérémonie.

mémoire, il parlera toujours ! *Defunctus, adhuc loqui-*
tur.

Que dirai-je enfin, pour répondre à la pompe incomparable de ces funérailles, à ce religieux et sublime
concours, à ce grand et auguste spectacle, pour donner un soulagement à tant d'émotions, une lumière à
tant d'espérances, sinon cette parole apostolique ?...
Du sein de Dieu, du seuil de la gloire éternelle, celui
que nous pleurons nous parle encore ! *Defunctus, adhuc*
loquitur.

Oui, Messieurs, on a bien fait d'éloigner ici les images de la mort et les appareils funèbres ; pour moi, je
suis charmé que ce temple ait conservé sa splendeur
accoutumée, et ne soit pas voilé de deuil.... Qu'aurions-
nous à faire, lui, vous et moi, je vous le demande, *de*
ces titres et de ces inscriptions, tristes marques de ce
qui n'est plus ? Il vit ! *De ces figures qui pleurent autour*
d'un tombeau ? Nos larmes suffisent ! *De ces images sté-*
riles d'une douleur que le temps emporte avec tout le
reste ? Notre douleur, nos regrets et notre amour sur-
vivront à tout ! Qu'aurions-nous à faire de tous ces tro-
phées de la mort, quand nous célébrons une de ces fins
bienheureuses, où la mort est vaincue ; quand votre
recueillement et vos prières, votre empressement spon-
tané, unanime, forment un deuil admirable autour de
cette dépouille vénérée et chérie ?

Ah ! je ne blâme point ses frères d'avoir voulu que
le grand orateur, le grand apologiste de la religion, fût

oublié ici, et comme enseveli dans l'humilité de ses vœux et de sa vie cachée. Je ne les en blâme point; mais vous, Messieurs, qui êtes aussi de sa famille, vous, ses enfants et ses amis, je vous loue, d'avoir voulu rendre un tel hommage à sa mémoire, et d'avoir donné à sa vie et à sa mort cette incomparable gloire.

O mon saint ami, c'est la première fois que j'ose prononcer avec vous ce mot de gloire! Jamais je ne l'eusse osé, pendant le cours de cette vie si belle et si saintement glorieuse, dans ces longs et chers entretiens qui seront toujours une des douceurs de mon âme pendant le laborieux pèlerinage de ce monde! Non, jamais je ne vous ai dit un tel mot! Vous m'auriez imposé silence! Et même en ce jour, si votre âme, qui me voit et m'entend des portes d'une vie meilleure, me pardonne et m'excuse, je crains que ces dépouilles mortelles, qui sont encore dans l'humiliation du tombeau, que ces os brisés et humiliés, qui tressailleront un jour de joie dans la main de Dieu, ne tressaillent ici d'étonnement à mon discours; que ces oreilles, si constamment fermées aux paroles vaines, ne s'y refusent encore; que de ces lèvres, qui ne s'ouvrirent jamais qu'à la modestie, ne sorte contre moi quelque doux reproche!

Eh bien! je ne veux pas que vous ayez rien à me reprocher en ce jour: je n'attristerai pas l'humilité même de votre cercueil; je vous respecterai dans la mort, comme je vous ai respecté dans la vie : je ne parlerai plus de gloire ; j'en laisserai le soin à d'autres. Je ne parlerai que de vie et d'immortalité ; je ne redirai sur vous que les béatitudes célestes et éternelles. L'humble religieux, le pauvre de Jésus-Christ, ne recevra pas de moi d'autres louanges en ce jour.

Mais aussi, c'est dans un sentiment ineffable de consolation pour moi-même et pour vous, Messieurs, que je redirai sur lui, en présence même du Dieu qui les proclama, ces promesses d'un bonheur inconnu :

Oui, avec quelle joie m'écrierai-je d'abord, au nom même de cette humilité qui me demande le silence : *Bienheureux les pavures, les pauvres d'esprit et de cœur, parce que le royaume des cieux leur appartient! Beati pauperes spiritu, quoniam ipsorum est regnum cœlorum !*

Oui, bienheureux celui qui, dans la fleur de la plus vive et de la plus brillante jeunesse, dit adieu à la maison de son père, adieu aux charmes de la vie la plus riante, adieu aux charmes d'une carrière qui promettait d'être si illustre, et se fit pauvre par sacrifice, comme d'autres le sont par nécessité ! *Beati pauperes spiritu, quoniam ipsorum est regnum cœlorum.* Bienheureux les pauvres volontaires, ces pauvres inspirés d'en haut, ces pauvres par l'esprit et par le cœur..., parce que vient un jour où le royaume des cieux leur appartient!

Vous les prononcez avec moi, Messieurs, ces paroles, j'en suis sûr, dans un sentiment de foi et d'admiration plus profond que jamais ! Pour moi, Messieurs, je ne puis les méditer en ce jour, près de ce tombeau, sans attendrissement. — Je m'en souviens encore, j'étais jeune alors, j'avais vingt ans, je venais de me dévouer au Seigneur; mais dans mon dévouement, je n'avais rien quitté que moi-même; c'était peu de chose. Mais lorsque je vis arriver dans le séminaire que j'habitais ce jeune magistrat, si grave, si doux et si ferme, lorsque je vis cette généreuse démarche, je fus saisi, et invinciblement attiré.... et je n'oublierai jamais, le lendemain même, cette parole, cet accent, qui retentissent encore dans mon âme et qui y retentiront à jamais.

C'était un dimanche : à l'heure de notre récréation, nous vîmes arriver de Paris de jeunes magistrats, des jurisconsultes, des avocats déjà célèbres ; ils venaient réclamer, reprendre celui qu'ils croyaient avoir perdu. Tout à coup, il apparut au haut d'un petit escalier, que je vois encore, dans ce parc, au penchant de la colline, dans cette charmante solitude d'Issy, et les saluant de loin avec un sourire céleste, il leur dit: « Eh bien, je « vous ai donc *plantés* là ! c'est fini. » C'était tout dire dans cette aimable et vive énergie du plus familier langage.

Et quelques jours après, j'entendis une autre grande parole, que je n'ai jamais oubliée non plus ; je vis un autre spectacle, le plus noble qui fût jamais dans sa simplicité. — Un saint prêtre, illustre alors par l'éloquence, par la vertu, par les plus grandes œuvres, qui

7

fut depuis l'Évêque d'Hermopolis : grand orateur, courageux apologiste de la religion aux jours les plus mauvais, premier fondateur des conférences pour la jeunesse dans cette chaire de Saint-Sulpice : un de ces anciens du sacerdoce et de l'épiscopat français, que nous avons connus et vénérés dans les premières années de ce siècle, qui ont relevé parmi nous les autels de Jésus-Christ et défendu avec tant d'intrépidité la religion contre les fureurs de l'impiété.... L'Évêque d'Hermopolis donc venait se recueillir pendant quelques jours dans notre sainte retraite, et s'y préparer à recevoir la consécration épiscopale. Il avait été dans le monde le père et le guide de celui dont nous célébrons aujourd'hui la chère et douloureuse mémoire : c'est lui qui avait dirigé ses pas vers le sanctuaire; c'est même de cette chaire où je vous parle, qu'une parole éloquente, ou plutôt une parole divine, était tombée en cette jeune âme, et y avait jeté cette première étincelle, qui devint la flamme céleste de l'apostolat, et l'a fait marcher à pas de géant dans cette carrière où il vient de succomber avant le temps !...

Le jour même de son sacre, l'Évêque d'Hermopolis consacra au Seigneur son jeune disciple, et mit sur sa tête la couronne des clercs. — J'étais présent, j'entendis ses nobles paroles : tous les cœurs étaient attendris... puis, la cérémonie achevée, ces deux grands hommes, — pourquoi ne leur donnerais-je pas ce nom? grands par ce qui fait la plus noble et la plus solide grandeur, — se promenaient avec nous sous les ombrages de notre solitude : nous nous pressions autour d'eux, nous aimions à voir, *dans ces deux âges opposés de la vie, la même sagesse, fleurissant dans l'un, et dans l'autre portant avec abondance les fruits les plus mûrs ;* nous vénérions, nous chérissions avec toute la jeunesse de notre cœur ce vieillard et son aimable disciple ; nous recueillions avec un cœur avide toutes les paroles de grâce qui sortaient de leurs lèvres. Tout à coup, le pieux Évêque, nous montrant le jeune abbé de Ravignan qui s'était éloigné un moment, et marchait à quelque distance, non plus sous la toge du magistrat, mais sous l'humble vêtement de l'élève du sanctuaire, nous dit d'une voix émue, en levant vers le ciel un regard où nous vîmes briller une larme: *Ah ! mes amis, s'il y a une Providence, le royaume des cieux lui appartient !...*

Et la parole évangélique s'accomplit en ce jour ! Et voilà pourquoi nous la redisons tous avec confiance : car, Messieurs, il a été fidèle jusqu'à la fin à cette pauvreté sublime: il a été jusqu'à la fin le pauvre de Jésus-Christ, pauvre par sa volonté libre, détachée de tout, héroïque ; pauvre, mais si riche par le cœur, qu'il vous enrichissait tous des trésors célestes !

Il se dévouait aussi par là même à la pauvreté d'esprit, à l'obscurité, à l'obéissance ; et lui, dont la voix avait déjà retenti avec éclat, fut d'abord pendant dix années condamné au silence, et il regardait cette condamnation comme un des plus grands bienfaits de sa vie. Il

dut donc s'asseoir comme un enfant sur les bancs de
l'école, et apprendre à bégayer les éléments de cette
science sacrée, dont il devait, à ce prix, devenir un jour
l'éloquent docteur, lorsqu'il lui serait donné de travailler au salut des âmes avec cette faim et cette soif du
zèle, que vous avez tant admirées en lui, avec cette ardeur et cette douceur qui me donnent aujourd'hui la
consolation et le droit de redire sur lui les autres di-
vines béatitudes !

*Bienheureux ceux qui ont le cœur doux, parce qu'ils
posséderont la terre ! Beati mites, quoniam ipsi possidebunt terram.* O vous qui l'avez connu, vous savez si
cette béatitude convenait à sa vie ! La douceur dans la
fermeté, la modération dans la force, c'était le caractère
distinctif de cette grande nature. Quelle puissance il
avait sur lui-même ! Combien de fois ne l'ai-je pas vu,
au milieu de nos luttes les plus ardentes pour la défense
de l'Église, quand la parole vive approchait de ses lèvres,
s'arrêter tout court, et achever dans la suavité la phrase
qu'il avait commencée dans l'énergie ! Une parole des
Écritures semble avoir été dite pour lui : *Lex clementiæ
in linguâ ejus* (PROV. XXXI, 26). Une loi de clémence était
imprimée sur ses lèvres, et il ne sortait de sa bouche
que sagesse et douceur. C'est encore pour lui qu'a été
écrite la célèbre allégorie du livre des Juges : *Examen
apum in ore leonis erat, et de forti egressa est dulcedo*
(JUDIC., XIV, 14). Oui, il avait le cœur et le courage d'un

lion; mais je ne sais quelles abeilles célestes étaient ve-
nues déposer un rayon de miel sur ses lèvres : *Favus
mellis* (Jud., xiv, 8). Et en lui, s'accomplit la grande loi
de l'ordre moral et éternel : La douceur vient de la
force : *De forti egressa est dulcedo.*

Aussi, n'a-t-il pas en effet possédé la terre? *Beati mites, quoniam ipsi possidebunt terram.* Tous vous en êtes,
Messieurs, des témoins irrécusables. Qui de vous ne l'a
aimé? Qui ne l'aime encore? Qui ne redit avec moi, en
pensant à lui : Bienheureux ceux qui ont le cœur doux!

N'a-t-il pas été merveilleusement inspiré le pieux ar-
tiste dont le burin, en fixant dans une si frappante res-
semblance, comme pour prévenir la mort, tous les traits
de cette noble et ferme figure, a su si bien y faire res-
pirer la douceur, qui était le plus vif reflet de son cœur
dans son regard et sur ses lèvres!

Pour moi, toutes les fois qu'il m'arrive de le contem-
pler, je ne puis m'empêcher de lui appliquer ces paroles
de l'Écriture, que je voudrais voir gravées sur sa tombe
et au frontispice de son image chérie :

Vir bonus et benignus : verecundus visu, modestus
moribus, eloquio decorus : a puero in virtutibus exer-
citatus, manus protendens... Hic est fratrum amator
et populi Israel ; hic est qui multum orat pro populo
et universa civitate... Propheta Dei. (II *Machab.*,
c. xv, v. 12, 14.)

Mais poursuivons, et redisons maintenant : *Beati qui*

esuriunt et sitiunt justitiam, quoniam et ipsi saturabun-
tur. (MATTH., V.) *Bienheureux ceux qui ont faim et soif*
de la justice, parce qu'ils seront rassasiés.

L'amour de la justice, c'était le fond même de son
âme : cet amour l'inclina d'abord vers la magistrature ;
puis il quitta bientôt les palais de la justice humaine,
quelque sainte qu'elle soit, pour rendre aux âmes une
meilleure justice encore. C'est dans le ministère apostolique qu'il put rassasier cette faim et cette soif, ce
zèle de la justification des âmes qui dévorait son cœur.
Après ce religieux silence, gardé pendant dix années,
on lui rendit la parole ; et ce fut d'abord, non pas dans
une grande chaire, mais dans deux petits villages de
Suisse, sur les bords du Rhône, dans ce pauvre canton
du Valais, qui vient de donner au monde catholique le
noble exemple de la liberté religieuse reconquise à force
de patience et de vertu ; ce fut là, au milieu de ces pauvres montagnards parlant moitié allemand, moitié français, qu'*il se plongeait* (c'est l'expression même dont il
se servit avec moi, en me le racontant) qu'*il se plongeait*
dans le zèle pour le salut des âmes ; et ces âmes simples étaient tout étonnées, ou plutôt, dans leur simplicité, et sans étonnement, elles laissaient le nouvel
apôtre du Seigneur conquérir leurs cœurs et y établir
le règne de la justice de Dieu. *Beati qui esuriunt et si-*
tiunt justitiam, quoniam ipsi saturabuntur !

C'est en sortant de là qu'il vint à vous, Messieurs, et
qu'il commença ces célèbres conférences de Notre-

Dame : sainte et grande carrière qu'il parcourut glo-
rieusement, de concert avec son digne et vaillant émule,
ayant reçu tous deux du ciel pour leur œuvre des dons
et des talents divers, mais éminents, ayant tous deux
par-dessus tout une grande âme, et tous deux aussi ayant
à mes yeux cette immortelle gloire d'avoir puissamment
aidé la France à reconquérir la liberté religieuse. Ne
l'oublions jamais !

C'est là, Messieurs, c'est à Notre-Dame, que son
amour pour vos âmes éclata, et que nous vîmes les pro-
diges de zèle que la faim et la soif de la justice peuvent
produire. Dans ces admirables retraites de la semaine
sainte, il prêchait jusqu'à trois fois le jour, vous recevait dans l'intervalle incessamment au tribunal de la
pénitence ; et le zèle qui l'enflammait ne lui laissait pas
même le sommeil des nuits : il avait veillé jusqu'à deux
heures du matin ; à trois heures, vous veniez frapper à
sa porte, vous que je ne connais pas, et qui savez mieux
que moi ce que je raconte.

Avec quelle tendresse il accueillait les repentirs, ouvrait ses bras aux cœurs brisés, et se rassasiait de cette
justice, dont la soif altérait son âme, de cette justice
divine, souveraine, et infiniment miséricordieuse, vraie
passion de sa vie, et dont on ne pouvait l'entretenir
même un instant, sans voir et sentir en quelque sorte
des flammes s'échapper de son âme et s'élever vers le
ciel...

Mais comme il méritait alors aussi cette autre béatitude, que vous ne me pardonneriez pas d'omettre : *Beati misericordes, quoniam ipsi misericordiam consequentur :* oui, bienheureux aussi les miséricordieux, car, eux aussi, ils obtiendront miséricorde !

A qui appartient cette promesse, si ce n'est à celui qui fut votre miséricordieux apôtre, votre sauveur?... à celui qui fut si compatissant pour vous, qui vous a recueilli tant de fois dans son sein ou plutôt dans le sein de Dieu, après votre naufrage? Que de misères il a abritées ! que de misérables, que de pauvres pécheurs il a aimés! Ah! si je le taisais, vous le rediriez de vous-même, *Beati misericordes !...* Et dans le moment où je prononce cette parole, vous la redites dans votre cœur, cette délicieuse béatitude : oui, qu'il reçoive la miséricorde, celui par qui je l'ai reçue !

Et vous redites aussi : *Beati qui lugent, quoniam ipsi consolabuntur.* Que de larmes il a essuyées ! que de malades il a consolés ! que de mourants il a assistés ! que de divisions il a apaisées ! que de tristesses il a adoucies, dans le cours de son admirable ministère ! En essuyant les larmes des autres, il a aussi versé les siennes : il a eu ses peines ; je les ai connues... jamais par lui ! Une de mes plus profondes admirations pour cet homme si doux et si fort, c'est sa patience dans la peine, et son silence dans l'amertume. Il ne se plaignait jamais! Presque à sa dernière heure, il lui arriva de dire : « Je « suis bien fatigué, » mais aussitôt il se repentit de ce gémissement ; il demanda son supérieur pour s'accuser d'avoir un moment oublié la patience.

Comme on pouvait bien encore dire de lui : *Beati mundo corde, quoniam ipsi Deum videbunt.* Bienheureux ceux qui ont le cœur pur, parce qu'ils verront Dieu ! Les cœurs purs sont seuls ici-bas les cœurs forts... Quel cœur fut plus pur que le sien, et avec quel bonheur il embrassa la chasteté sacerdotale ! C'est la gloire de l'Église d'avoir posé, entre elle et le monde, la chasteté, comme une barrière infranchissable aux cœurs faibles et aux vocations douteuses.

L'Église a consenti à sacrifier son antique patrimoine et ses droits les plus sacrés ; mais elle ne consentira jamais à laisser tomber de son front la couronne des vierges ; et le sacrifice éternel sera interrompu plutôt que d'être offert par des mains qui ne seraient pas virginales !

Avec quelle fermeté il alla droit à l'autel du sacrifice ! avec quelle énergie il brisa tous les liens de la nature et du monde !

Un de ses meilleurs et plus anciens amis me le racontait naguère, lui aussi, grand orateur, incomparable... Ah ! qu'il me permette de le lui dire ici : son saint ami, à cette heure, répond de son âme devant Dieu, encore plus qu'il n'en répondait sur la terre. — Il me le racontait donc ainsi : C'était la veille du jour où il devait entrer au séminaire ; tous ses amis l'ignoraient ; il était avec plusieurs d'entre eux dans un salon, appuyé sur un meuble écarté ; son regard tranquille contemplait une foule brillante et animée ; son front était serein, ses lèvres riantes ; nul ne pouvait soupçonner sa pensée : le lendemain matin, tout était brisé, et Dieu comptait un grand serviteur de plus !... Bienheureux ceux qui ont le cœur pur, car ils verront Dieu. Ils le verront à l'autel ! Ils le verront dans les cieux ! *Beati mundo corde, quoniam ipsi Deum videbunt.*

Une autre parole l'attendait : *Beati qui persecutionem patiuntur propter justitiam, quoniam ipsorum est regnum cœlorum.*

« Oui, vous êtes heureux lorsque les hommes vous
« maudissent, lorsqu'ils disent toute sorte de mal contre
« vous, en mentant : *Dixerunt omne malum adversùm*
« *vos mentientes ;* mentant à cause de mon nom que
« vous portez, *propter nomen meum ;* réjouissez-vous et
« triomphez d'aise, car voilà que votre récompense
« sera grande dans les cieux, *ecce enim merces vestra*
« *copiosa est in cœlis.* »

Il connut cette béatitude.

Vous vous souvenez tous, Messieurs, de ces grandes et mémorables luttes, qu'il soutint si courageusement naguère pour la liberté de l'enseignement et pour la liberté religieuse : rudes et vaillants combats, qu'il livra avec d'intrépides et illustres amis, qui ne le délaissèrent jamais dans le péril, et auxquels il demeura aussi fidèle jusqu'à la fin, conservant pour ces hommes généreux, malgré l'ingratitude des temps, un tendre respect et une inviolable reconnaissance.

La liberté de l'Église, c'est-à-dire la grande cause de la vérité et de la justice, devait l'emporter enfin ! Il est vrai qu'il y fallut un coup de tonnerre et le renversement du monde ! la liberté du bien et le salut des peuples sont quelquefois à ce prix : il y fallut même une victime solennelle, et un martyr... Enfin la vérité dut éclore, selon l'image de la sainte Écriture, comme une fleur, du sein de la terre entr'ouverte et ébranlée par le tremblement des révolutions humaines : *Veritas de terra orta est* (Ps. 84, 12), mais le moment vint où la paix et la justice s'embrassèrent dans les bras de la vérité : *justitia et pax osculatæ sunt* (Ps. 84).

Rendons-en grâce et honneur, à qui de droit : à Dieu d'abord, qui tient dans ses mains les destinées des peuples et le cœur des hommes, et les incline où il veut selon les desseins de sa miséricorde ; puis rendons grâce aux intrépides défenseurs de l'Église qui, fortifiés par les encouragements de l'épiscopat et par les décisions du siége apostolique, combattirent pour elle, espérant toujours et contre toute espérance : *in spem contra spem.* Messieurs, rendons aussi grâce et hommage, notre saint ami me le demande et l'a fait lui-même au lendemain de la victoire, rendons hommage aux puissants alliés que la Providence nous donna, et qui, une fois convaincus, nous demeurèrent jusqu'au dernier moment si fidèles.

Mais, il le faut avouer, nul ne contribua plus puissamment au bon succès que le P. de Ravignan. Le respect, la vénération, la confiance qui s'attachaient à son nom décidèrent bien des choses.

Il suffisait de le voir, de l'entendre, de le lire, pour se sentir attiré vers lui, pour comprendre qu'il méritait la louange que Bossuet donnait autrefois au grand-maître de Navarre : « Il est certain que la France n'a « jamais eu une âme plus française que la sienne. » On fut vaincu le jour où, défendant ses frères, il vint dire : Mais le nom n'est pas une injure ; c'est le mien ! et le nom fût-il une injure, l'injure ne remplace pas la justice ! Je demande la liberté pour nous au soleil commun de la patrie et de la justice, sans arrière-pensée contre autrui ; nous aurions horreur de cette duplicité, comme nous avons horreur de l'anarchie et de la licence ; nous n'avons jamais trahi l'ordre social, et, après tout, nous ne demandons que la liberté du dévouement.

Il termina son religieux plaidoyer par ces grandes paroles : « *Mon Dieu, vous ne permettrez pas que l'iniquité triomphe sans retour ici-bas, et vous ordonnerez à la justice du temps de précéder la justice de l'éternité.* »

Nobles et prophétiques accents, dignes de Dieu et de la France ! Un jour vint, où justice fut faite à ceux qui méritaient de la recevoir par ceux qui étaient dignes de la faire !

Et maintenant j'achève, en chantant avec vous une

dernière béatitude, le cantique et la béatitude de la
mort : incomparable chant, inconnu à toutes les traditions humaines, et que la voix d'un Dieu mort sur la
croix a pu seule redire le premier ! — *Bienheureux les
morts ! Beati mortui ! Bienheureux les morts qui meurent dans le Seigneur ! Beati mortui qui in Domino
moriuntur !*

Car, ajoute le texte sacré, l'Esprit-Saint, l'Esprit de
douceur et d'amour, vient leur dire de se reposer de
leurs travaux : *Dicit Spiritus ut requiescant a laboribus
suis.* (APOCAL., XIV, 13.) Avouons, Messieurs, qu'il l'a
bien mérité ! avouons qu'il était digne d'entendre cette
délicieuse parole ! avouons qu'il a bien gagné son repos,
cet ouvrier généreux, cet évangéliste infatigable, et
qu'après avoir porté le poids et la chaleur du jour, il
sera bien dans le sein de son Dieu, où la joie et la
splendeur l'environnent !... Mais c'est à vous, Messieurs,
d'accomplir cette parole tout entière, car l'esprit de
Dieu ajoute : *Opera illorum sequuntur illos, ses œuvres
le suivent :* vous êtes son œuvre, l'œuvre de son cœur,
de sa vie, de son sang : à vous donc de le suivre et de
l'accompagner auprès de Dieu, Messieurs, et de l'y
retrouver un jour ! Ne restez pas en route... il marchait
à votre tête; suivez-le jusqu'au bout : il vous a donné
rendez-vous au royaume des cieux, n'y manquez pas,
n'y manquez pas ! Quand il vous donnait des rendez-
vous en ce monde, vous savez comme il y était fidèle :
ne manquez pas au dernier qu'il vous donne !

Mais, aussi, à cette heure ne le pleurez pas. Ah ! sans doute il nous manque, mais il vit ! il n'est pas mort, car il est écrit : Si le juste vient à mourir, il ne meurt pas, mais la mort le rafraîchit, le repose, l'illumine : *Justus si morte præoccupatus fuerit, in refrigerio erit.* (SAG., IV, 17.) Les âmes des justes sont dans la main de Dieu, et le tourment de la mort ne les touche même point. *Justorum animæ in manu Dei sunt et non tanget illos tormentum mortis.* (SAG., III, 1.) Aux yeux des insensés, c'est-à-dire de ceux qui n'ont pas le sens divin, ils paraissent mourir, et leur mort semble une affliction ; mais elle n'est qu'un chemin pour sortir de notre vie qui est la vraie mort, et pour entrer dans la véritable vie. *Visi sunt oculis insipientium mori et æstimata est afflictio exitus illorum. A nobis est iter...* (IBID.) Et leur espérance, dès le tombeau, est pleine de gloire et d'immortalité. *Spes illorum immortalitate plena est.* (IBID., III, 4.)

Ne le pleurons donc pas. Il vit, et nous le reverrons bientôt : oui, nous reverrons ce regard si brillant, si profond et si pur ; nous reverrons ce front si noble et si serein. Je le voyais encore il y a peu de jours ; il était déjà entre les bras de la mort, et des rayons divins semblaient briller sur ce front décoloré ; des clartés immortelles reluisaient au fond de ces yeux qui semblaient s'éteindre ; j'entrevoyais derrière lui les splendeurs de la gloire céleste... Vous entendrez encore cette parole si franche, si loyale, si ferme et si tendre. Vous presserez ces mains bienveillantes et affectueuses, qui qui vous ont tant de fois accueilli avec tendresse, qui ont touché les vôtres, et se sont élevées sur vos têtes pour les bénir. Vous verrez s'ouvrir ces lèvres aimables qui prononcèrent tant de fois sur vous le pardon. Vous retrouverez enfin, vous connaîtrez mieux encore qu'ici-bas, ce grand cœur, qui battait si fortement, si généreusement, dans sa faible poitrine, qui l'a brisée avant le temps... ce cœur qui vit, et vous dit par ma voix : *Ego vivo*, et vous, mes amis, mes enfants, vous vivrez aussi, si vous le voulez. Je vis ! *Ego vivo et vos vivetis.* Je ne traîne plus cette vie mourante et misérable, qui n'est pas la vraie vie, je vis dans la grâce et la justice, et, si vous le voulez, vous y vivrez un jour avec moi. *Ego vivo et vos vivetis.* (I. J.-C., 14.)

Et maintenant, il ne me reste plus qu'une parole à dire, la parole de la séparation et de la tristesse, la parole du dernier et solennel adieu... O mon saint ami, il faut vous quitter. Adieu donc, au nom de tout ce qui vous aima... Adieu, au nom de la sainte Église, dont vous fûtes le courageux défenseur, dont vous avez combattu si vaillamment le bon combat. Adieu, au nom de cette Église militante, qui vous introduit à l'heure où je parle dans le sein de l'Église triomphante ! Les apôtres, les martyrs, les pontifes, les évangélistes, et la Reine des apôtres et des martyrs, celle que vous avez tant aimée, viennent au-devant de vous, vous reçoivent. Adieu, au nom de l'Église notre mère!

Adieu, au nom de l'Église de France, dont vous fûtes le serviteur si fort et si humble, pour qui vous avez remporté tant de victoires, brisant, par la magnanimité de votre caractère et la loyauté de vos paroles, l'indigne étendard du respect humain en tant de mains où vous avez placé l'étendard triomphant de la croix!

Adieu, au nom de tous les Évêques de France, dont vous fûtes l'ami si sûr, si fidèle et si modeste! Ils m'estimeront heureux, j'en suis sûr, d'avoir pu, en leur nom, vous rendre ce dernier et solennel hommage!

Adieu, au nom de cette sainte Compagnie — qu'elle me permette de parler pour elle — dont vous fûtes le bouclier et dont vous demeurerez la gloire!

Adieu, au nom de tous ces vaillants chrétiens qui, rangés autour de vous, ont combattu avec vous, et ont mérité jusqu'à la fin votre estime et votre religieuse amitié!

Adieu, au nom de cette jeunesse française, si généreuse, si ardente au bien, quand elle rencontre des guides dignes d'elle! Protégez-la, dirigez-la toujours, du divin séjour où vos vertus ont, par la grâce de Dieu, porté votre âme!

Adieu, au nom de tant d'âmes qui nous furent chères à tous deux : bénissez-les encore, bénissez-les toujours!

Et s'il m'est permis de parler de moi, adieu aussi au nom d'une de ces vieilles amitiés, commencées aux jours

de la jeunesse, fortifiées dans les périls, jamais trou-
blées, et qui ne peuvent se briser dans les cœurs qui
survivent, sans briser l'âme tout entière, leur laissant
seulement la force de redire la dernière parole inspirée
de Dieu, qui mettra fin à ce discours : « Bienheureux
les morts qui meurent dans le Seigneur, » *Beati mortui
qui in Domino moriuntur!* « Que mon âme meure donc
« de la mort des justes, et que ma fin soit semblable
« à la sienne ! » *Moriatur anima mea morte justorum !*

EXTRAIT DU JOURNAL

L'UNIVERS

DU SAMEDI 27 FÉVRIER 1858.

Le R. P. de Ravignan vient de terminer sa sainte vie. C'est de tels hommes que l'on peut dire, suivant la beauté de la formule chrétienne, qu'ils passent à un monde meilleur. Il est entré dans sa récompense, il voit le Dieu qu'il a aimé et servi. Le deuil qu'il laisse parmi ceux qui l'ont connu est mélangé d'allégresse. Dieu sait pourtant si ce deuil est profond! Dieu sait combien de chrétiens pleurent comme s'ils avaient perdu leur père! Mais pour lui, il attendait la mort avec espérance, et elle a couronné ses désirs. Heureux ceux qui espèrent dans la mort, et qui, entourés de toute l'estime de ce monde, en paix avec les hommes, en paix avec eux-mêmes, jettent vers le Maître suprême le regard confiant de l'ouvrier qui a fait son travail et du fils qui rentre à la maison. Tel était ce serviteur de Dieu; c'est dans ce sentiment qu'il a vu le terme de sa carrière pleine d'humbles, de glorieux, de saints labeurs. Sa vie s'épuisait goutte à goutte : il est mort longtemps. Depuis le moment où les médecins, sans l'émouvoir et sans le surprendre, lui ont annoncé qu'il ne se relèverait pas, jusqu'à celui où son dernier soupir a emporté sa dernière prière, un long intervalle s'est écoulé. Il n'a pas cessé de prier, et il n'a plus parlé que du bonheur de mourir.

Dans quelques jours on racontera ici sa vie, ou plutôt on essayera de tracer une esquisse de ses travaux ; car sa vie à raconter serait un long ouvrage ; et qui pourrait l'entreprendre ? Dieu seul sait ce qu'un tel homme, un tel prêtre a fait, ce qu'il a répandu de bénédictions, soutenu d'œuvres, consolé de misères. Mais quelques traits au moins seront indiqués. Aujourd'hui nous ne pouvons que le saluer au départ : il n'est plus ! Ce n'est pas une ombre qui s'efface, un être de moins dans la multitude humaine, c'est une force que Dieu retire, c'est une lumière qu'il éteint ; il y a de moins parmi nous un de ces hommes rares dont on pouvait dire : *C'est un homme.*

Le R. P. de Ravignan exerçait une grande autorité sur ceux qui l'approchaient, et le nombre en était considérable. Ceux qui n'avaient été attirés que par son talent restaient subjugués par sa vertu. Dans sa cellule, dans l'humble parloir du couvent, au confessionnal surtout, on trouvait un homme encore supérieur à celui qu'on avait admiré en public, revêtu comme d'une double auréole de l'éclat de l'éloquence et du rayonnement de la sainteté. Là, on sentait la vigueur de sa foi, l'ar-

deur de son zèle, la profonde tendresse de son cœur ;
et la noble joie qu'inspirait ce beau spectacle n'était
troublée que par le regret de voir cet homme précieux
si vite et si énergiquement dépenser sa vie ; mais ce regret même avait sa douceur. On lui savait gré de se
prodiguer, de s'épuiser dans ce travail qui était le salut
des âmes.

Tant que ses forces lui permirent — elles ne l'auraient
pas permis à d'autres — de prêcher la retraite pascale
à Paris, il consacra la plus grande partie des nuits de la
Semaine sainte à écouter les confessions des hommes
que ses exhortations avaient touchés. Les dernières
nuits il les passait à peu près tout entières ; et ces
immenses fatigues n'obtenaient pas qu'il se relâchât en
rien de ses devoirs ordinaires. Pâques même ne lui ap-
portait point de repos. Il était là pour les retardataires.
Cette œuvre finie, d'autres œuvres le réclamaient. Que
d'œuvres avaient besoin de lui, ne pouvaient se passer
de lui, et ne subsisteront après lui que de la vie qu'il
leur a communiquée aux dépens de sa vie ! Lorsque,
enfin vaincu, il était obligé de s'imposer la retraite et le
silence, lorsqu'il ne pouvait plus prêcher ni se rendre
au lit des mourants, alors il s'enfermait, pour mieux
dire, il se laissait enfermer par l'obéissance ; mais son
travail ne cessait pas. Ou il écrivait à ses enfants, épars
dans le monde entier, ou il composait les ouvrages que
ses supérieurs lui avaient commandés, ou il se préparait

par l'étude à ces chères et fécondes fatigues qui l'ont consumé.

Quelle belle vie ! et qu'il eut bien raison le jour où, renonçant aux avances du monde, il s'engagea dans la Compagnie de Jésus ! Il acceptait la pauvreté, l'humilité, l'obéissance, le travail ; mieux que tout cela, les persécutions et les injures. Mais il trouvait le sacrifice, et avec le sacrifice la force, et même, quoiqu'il n'en fît aucun cas et n'en voulût point, la gloire. Cette idole du monde, elle était là ; elle l'attendait, malgré lui, dans ce rude sentier du renoncement à soi-même, où il se jetait d'un si grand cœur. Et quelle gloire ! pure, brillante, sans remords, sans inquiétude ! Elle ne lui demanda pas un abaissement et au contraire ! Et mourant, il la vit à son chevet, douce et sereine comme une sœur de ses vertus tutélaires : la pauvreté, l'obéissance et la chasteté.

Louis VEUILLOT.

Paris. — Imp. P.-A. BOURDIER et Cⁱᵉ, 30, rue Mazarine.

PUBLICATIONS NOUVELLES.

Missel romain à l'usage des fidèles, contenant l'office complet du matin, pour tous les jours de l'année, selon le rite de la sainte Église romaine, traduction nouvelle, collationnée sur la dernière édition de Rome, par l'abbé C. ALIX, du clergé de Saint-Thomas-d'Aquin. 4 vol. in-18, orné de belles gravures en chromo, broché.   8 fr.

    Relié en veau.   10 fr.

    Relié en chagrin.   14 fr.

Œuvres de Donozo Cortès, marquis de Valdegamas, ancien ambassadeur d'Espagne près la cour de France, publiées par sa famille, précédées d'une notice biographique, par M. Louis VEUILLOT. 3 vol. in-8, avec un beau portrait.   18 fr.

Le Sinaï ou la Parole de Dieu avant Jésus-Christ, par l'abbé BLUTEAU, du diocèse de Tours, avec approbation de Mgr l'archevêque de Tours, in-18, broché.   1 fr. 75 c.

Les Quatre Évangélistes expliqués par les Pères et les docteurs de l'Église. 4 vol. in-18, br.   2 fr. 50 c.

Le Phénix qui renaît, ou la rénovation de l'âme, par la retraite et par les exercices spirituels, ouvrage posthume du cardinal BONA, traduit par Julien Travers, et précédé d'une préface par Aug. Nicolas. 1 joli vol. in-32, broché.   1 fr. 50 c.

Le Règne de la Croix, ou la restauration de la société morale par le christianisme, 2e édition, par DE MAICHE, inspecteur de l'Académie de Paris, avec des lettres approbatives de S. E. le cardinal Gousset, etc. 1 vol. in-18, broché.   3 fr.

La Comtesse de Bonneval, histoire du temps de Louis XIV, par lady Georgina FULLARTON. 1 vol. in-8°, broché.   5 fr.

Lettre à M. Guizot sur le libre examen de la propagande protestante, par M. COMBALOT, missionnaire apostolique, br. in-18.   50 c.

Par cent exemplaires.   25 c.

R. P. VENTURA DE RAULICA.

Les Femmes de l'Évangile, homélies prononcées à Saint-Louis-d'Antin. Deuxième édition, augmentée de nouvelles Homélies. 2 vol. in-8, brochés.   10 fr.

La Femme catholique, faisant suite aux *Femmes de l'Évangile*. 2 vol. in-8°, brochés.   12 fr.

Essai sur l'origine des idées, et sur le fondement de la certitude. 1 vol. in-8°, broché.   4 fr.

La Vraie et la Fausse philosophie, in-8°, broché.   1 fr. 50 c.

Nouvelles Homélies sur les *Femmes de l'Évangile*, par le P. VENTURA. 1 vol. in-8°, broché.   4 fr.

A. NICOLAS.

Du Protestantisme et de toutes les hérésies, dans leur rapport avec le socialisme. Précédé de l'examen d'un écrit de M. GUIZOT. 2 vol. grand in-18, br. 7 fr.

Études philosophiques sur le Christianisme. Nouvelle édition. 4 vol. in-8, broché. 20 fr.

LE MÊME OUVRAGE. Édition grand in-18, broché. 14 fr.

NOUVELLES ÉTUDES SUR LE CHRISTIANISME :

1re Partie : **La Vierge Marie et le Plan divin.** 3e édition. 1 vol. grand in-18, broché 4 fr.

LE MÊME OUVRAGE, 1 vol. in-8. 6 fr. 50

2e Partie : **La Vierge Marie d'après l'Évangile,** 3e édition. 1 vol. grand in-18, broché 4 fr.

LE MÊME OUVRAGE. 1 vol. in-8. 6 fr. 50

EN PRÉPARATION :

3e Partie : **La Vierge Marie vivant dans l'Église.**

JACQUES BALMÈS.

Art d'arriver au vrai, philosophie pratique, traduite et augmentée d'une Introduction par Édouard MANEC, 3e édition revue et augmentée. 1 vol. broché. 3 fr.

Philosophie fondamentale, traduite par Édouard MANEC, précédée d'une lettre au traducteur par Mgr Dupanloup, évêque d'Orléans. 3 vol. grand in-18. 10 fr.

Le même ouvrage, belle édition. 3 vol. in-8. 15 fr.

Le Protestantisme comparé au Catholicisme, dans ses rapports avec la civilisation européenne, précédé d'une introduction par De Blanche Raffin, 3ᵉ édit. ornée d'un portrait. 3 vol. grand in-18. 10 fr.

Le même ouvrage, belle édition. 3 volumes in-8°, portrait, brochés.   15 fr.

MARTIN DE NOIRLIEU,

CURÉ DE SAINT-LOUIS-D'ANTIN.

Abrégé de l'histoire de la Religion. 1 vol. in-18. 1 fr.

La Bible de l'enfance, ou *Histoire abrégée de l'Ancien et du nouveau Testament*, racontée aux enfants de dix à douze ans. Édition illustrée. 1 vol. br. 1 fr. 50

Le même ouvrage. Édition classique, broché.   80 c.

Exposition et défense des dogmes principaux du christianisme. 1 vol. in-18, broché.   1 fr. 50

Le Consolateur des affligés, des malades et des vieillards. Nouvelle édition. 1 vol. in-12, beau caractère.   2 fr. 25

La morale de l'Évangile comparée aux divers systèmes de morale, par M. l'abbé Bautain. 1 vol. in-8, broché.   6 fr.

Histoire de l'établissement du Protestantisme à Strasbourg et en Alsace, d'après les documents originaux. 1 vol. in-8, broché.   6 fr.

Mandements, instructions pastorales et discours divers de Mgr DE SALINIS, évêque d'Amiens, publiés par M. Duval, vicaire général d'Amiens. 1 beau volume in-8, broché. 6 fr.

La connaissance de Jésus-Christ, ou le Dogme de l'incarnation, par M. COMBALOT. 1 vol. in-18, quatrième édition, broché. 3 fr. 50 c.

Histoire de la révélation biblique, par le docteur HANNEBERG, professeur à l'Université de Munich. Traduite de l'allemand, par J. GOSCHLER. 2 magnifiques volumes in-8, brochés. 12 fr.

Instructions pastorales, mandements, lettres et discours de S. Em. le cardinal DONNET, de 1836 à 1857. 3 vol. in-8, 2e édit., brochés. 15 fr.

Cette belle publication se vend au profit d'une bonne œuvre.

Le Pape en tous les temps, et spécialement au 19e siècle. Traduit de l'espagnol de don J. GONZALÈS, et dédié à N. S. P. le pape Pie IX, par le comte CH. DE REYNOLD-CHAUVANCY. 1 vol. grand in-18, br. 3 fr.

LE MÊME OUVRAGE, avec portrait de Pie IX, 1 beau vol. in-8, broché. 5 fr.

Conférences sur la Sainte-Vierge. 1 volume.

Souvenirs des Conférences entendues à Sainte-Valère. Neuvième édition, revue, corrigée et augmentée des **Stations au Calvaire.** 2 vol. brochés. 4 fr.

Histoire du pape Grégoire VII, par J. VOIGT, professeur à l'Université de Hall. Traduite et précédée d'une introduction et de notes justificatives, par l'abbé JAGER. 4e édition, 2 vol. gr. in-18, brochés. 7 fr.

Histoire du pape Innocent III et de son siècle, par M. Frédéric Hurter. Traduite de l'allemand, augmentée d'une introduction et de notes historiques, par l'abbé Jager. 2 vol. in-8, avec portrait, br.   15 fr.

Histoire de Photius, patriarche de Constantinople, et du schisme des Grecs, avec une introduction et des notes, par l'abbé Jager. 2ᵉ édition. 1 vol. grand in-18, avec portrait.   3 fr.
Le même ouvrage. 1ʳᵉ édition. 1 vol. in-8, portrait.   6 fr.

Histoire de Jésus-Christ et de son siècle. Traduite de l'allemand, du comte de Stolberg, par l'abbé Jager. 1 vol. in-18.   3 fr. 50

Recueil de poésies lyriques chrétiennes, chants religieux, tirés des auteurs français des dix-septième, dix-huitième et dix-neuvième siècles, et complétés par un grand nombre de pièces inédites. Ouvrage composé sur un nouveau plan, par M. Hainglaise. 2 magnifiques vol. in-8, brochés.   15 fr.

Relation d'un voyage au Thibet en 1852, par l'abbé Krick. 1 vol. in-18, avec figures, broché.   1 fr. 50

Lettres et opuscules inédits du comte J. de Maistre. Précédés d'une notice par son fils le comte Rodolphe de Maistre. 3ᵉ édition. 2 vol. in-8, ornés d'un beau portrait, brochés.   7 fr.
Le même ouvrage. 2 vol. gr. in-18, brochés.   7 fr.

Œuvres choisies de l'abbé Doucet, contenant : Instructions sur la Sainte Vierge et Instructions faites à la prière du soir, Sermons pour l'Avent, Prônes et Homélies, etc. 2 beaux vol. grand in-18, brochés.   7 fr.

Album de sainte Theudosie, publié sous les auspices de Mgr. de Salinis, évêque d'Amiens, illustré de magnifiques gravures, etc. 1 vol. gr. in-8, br.   6 fr.

Considérations sur le dogme générateur de la piété catholique, suivies du *Dogme de la pénitence;* par Mgr. Ph. GERBET. 1 volume gr. in-18. 5ᵉ édit., broché.   3 fr. 50

La Sœur Marie d'Agréda et Philippe IV d'Espagne. Correspondance inédite, traduite de l'espagnol par GERMON DELAVIGNE. 1 vol. in-18.   3 fr.

Histoire de saint Augustin, évêque d'Hippone, sa vie, ses œuvres, son siècle, influence de son génie ; par M. POUJOULAT. Ouvrage couronné par l'Académie française et approuvé par Mgr. Affre, archevêque de Paris. 2ᵉ édit., revue, corrigée et augmentée. 2 volumes in-18, brochés.   7 fr.

LE MÊME OUVRAGE. 2 vol. in-8.   10 fr.

Lettres sur Bossuet adressées à un homme d'État ; par M. POUJOULAT. 1 vol. gr. in-18, br.   3 fr. 50

Histoire de Jérusalem. Nouvelle édition. 2 vol. in-18, brochés.   7 fr.

Les Quatre Évangélistes expliqués par les Pères et docteurs de l'Église. 1 vol. in-18, broché.   3 fr.

Histoire critique et religieuse de Notre-Dame-de-Lorette (Italie) ; par le R. P. CAILLAU. Belle édition, avec Atlas représentant les quatre côtés de l'église, brochés.   6 fr.

LE MÊME OUVRAGE. Édition gr. in-18.   2 fr.

Paris. — Imp. de P.-A. BOURDIER, 30 ue Mazarine.